Tante Luises Beerdigung

Juergen von Rehberg

Tante Luises Beerdigung

Bibliografische Information der Deutschen Nationalbibliothek:
Die Deutsche Nationalbibliothek verzeichnet diese
Publikation in der Deutschen Nationalbibliografie;
detaillierte bibliografische Daten sind im Internet
über http://dnb.dnb.de abrufbar.

Herstellung und Verlag: BoD – Books on Demand,
Norderstedt

ISBN: 978-3-**7597-0778-9**

„Ich gebe Ihnen fünfzig Euro extra, wenn Sie den Kerl vor uns überholen."

Die berechtigte Skepsis, dass er den ICE nach Hamburg nicht pünktlich erreichen würde, ließ Jochen Hoffmann zu dieser drastischen Maßnahme greifen.

Der Taxifahrer sah in den Innenspiegel seines Wagens und antwortete:

„Wenn Sie selbst Autofahrer wären, dann wüssten Sie, dass man über eine doppelte Mittellinie nicht fahren darf."

„Ich bin Autofahrer, ich habe sogar einen Führerschein, und das mit der doppelten Mittellinie weiß ich auch", erwiderte Jochen Hoffmann gereizt.

„Und wieso kommen Sie mir dann mit diesem blöden Vorschlag?"

Die Frage des Taxifahrers war zwar nicht besonders kundenfreundlich; aber auf die Sache bezogen, durchaus berechtigt.

„Weil ich unbedingt den ICE nach Hamburg erreichen muss", antwortete Jochen Hoffmann.

Der Taxifahrer sah in seinem Innenspiegel in das traurige Gesicht seines Fahrgastes. Er machte diesen Job nun schon seit nahezu vierzig Jahren und ein wenig hatte er gelernt, seine Mitfahrer einzuschätzen.

In Jochen Hoffmann sah er einen älteren Herrn, gut gekleidet, gute Manieren, höflich und offensichtlich sehr verzweifelt.

Jochen Hoffmann erschrak, als er plötzlich heftig in seinen Sitz gepresst wurde. Der Mann, der gerade seine Fahr-Prinzipien über Bord geworfen hatte, war kräftig aufs Gas gestiegen, hatte die durchgezogene Mittellinie durchbrochen und den vor ihm fahrenden Verkehrsteilnehmer überholt.

Ein lautstarkes, anhaltendes Hupen des Überholten wies auf die Unrechtmäßigkeit der Untat hin, die der Taxifahrer soeben begangen hatte.

Jochen Hoffmann sah im Innenspiegel des Taxis die Entschlossenheit seines Fahrers, der seinerseits seine Augen starr auf die Fahrbahn gerichtet hielt, was eine gewisse Beruhigung bei Jochen Hoffmann auslöste. Der Taxifahrer raste nämlich gerade weit jenseits der erlaubten innerörtlichen fünfzig Kilometer dahin.

„Warum tun Sie das?", fragte Jochen Hoffmann vorsichtig.

Herbert Kirchner, Taxifahrer und sein eigener Chef, antwortete:

„Weil sie ausschauen, als hinge Ihr Leben davon ab, dass Sie diesen Zug erreichen."

Jochen Hoffmann lächelte. Es war nicht der Ausdruck von Freude, sondern von einer Art Ergriffenheit.

„Meines nicht", sagte er dann, *„aber das von einem geliebten Menschen. "*

*****

Der ICE von Wien Westbahnhof nach Hamburg Hauptbahnhof verließ pünktlich um 07:45 Uhr den Bahnhof.

Jochen Hoffmann hatte fürsorglich reserviert und saß nun entspannt in einer Kabine mit vier Sitzen auf seinem Fensterplatz in Fahrtrichtung. Er hatte die erste Klasse gebucht, um einen gehobenen Komfort auf seiner langen Reise genießen zu können.

Die kleinen Schilder über den Sitzplätzen zeigten an, dass die drei leeren Sitzplätze reserviert waren, aber noch nicht besetzt. Jochen Hoffmann genoss das Alleinsein. Er hatte genug Lesestoff dabei, dem er sich widmen wollte, sobald das Hinausstarren aus dem Fenster seinen Reiz verloren hätte.

„Die Fahrkarten bitte! "

Ein Zugbegleiter – früher nannte man sie schlicht „Schaffner" – hatte die Kabinentür mit einem energischen Ruck geöffnet, um die rechtmäßige Nutzung durch die Fahrgäste zu überprüfen.

Nach einer kurzen Kontrolle des benötigten Reisedokuments gab der Beamte die Unterlagen an Jochen Hoffmann zurück, wünschte eine angenehme Weiterreise und schloss mit einem energischen Ruck die Kabinentür, um seine Arbeit fortzuführen.

Jochen musste an Tante Luise denken. Sie war eine der wenigen Verwandten, die ihm noch geblieben waren, und zu der er Kontakt hatte.

Es gab zwar noch einen Bruder, zu dem er keinen Kontakt hatte, und von dem er noch nicht einmal wusste, ob er überhaupt noch lebte.

Das Verhältnis der beiden Brüder war zeitlebens problematisch, und Jochen bedauerte es sehr. Versuche seinerseits hatte es immer wieder einmal gegeben, eine Beziehung aufzubauen; aber sie hielten nicht lange. Irgendwann hatte es Jochen dann aufgegeben.

Mit seinen Kindern aus zwei Ehen verhielt es sich nicht anders. Ein Stück weit war Jochen selbst daran schuld, und er gestand es sich auch ein. Aber die Ablehnung seiner Kinder, die sich nahe am Rand eines Hassgefühls wider den Vater bewegten, ließen auch da keine Beziehung zu.

Es hatte Jahre gedauert, bis Jochen zulassen konnte, dass seine Kinder nichts mit ihm zu tun haben wollten. Wesentlich geholfen dabei hatte ihm Sabine, seine dritte Ehefrau.

Jetzt gab es nur noch Tante Luise, und die war vor drei Tagen gestorben. Sie hatte es immerhin auf stolze achtundneunzig Jahre gebracht.

Jochen hatte etliche Sommerferien bei Tante Luise verbracht. Es waren sehr schöne Tage, fernab seines strengen Elternhauses im 13. Wiener Gemeindebezirk.

Das Haus, in welchem er auch geboren wurde, befand sich seit mehreren Generationen im Besitz der Familie Hoffmann.

Johannes Hoffmann, der Großvater, war noch ein richtiger Patriarch. Als Obrist und Überbleibsel der „KuK-Monarchie" vertrat er Werte, die in heutiger Zeit undenkbar wären. Da hatte die Anrede „Sie", auch unter Eheleuten, noch festen Bestand.

Die nächste Generation, die Eltern von Jochen, war da schon moderner unterwegs. Das „Sie" war zwar weggefallen; aber der Mann war immer noch der unumstrittene Herr im Haus.

Als Tante Luise ihren Heinrich kennen- und lieben lernte, stieß dies auf heftigen Widerstand seitens ihres Bruders Franz, Jochens Vater.

Heinrich Merlinger war Student für Maschinenbau an der Technischen Universität Wien. Anlässlich eines Praterbesuches liefen sich Luise und Heinrich über den Weg.

Sie waren zusammengestoßen und der Inhalt eines Eisstanitzels fand sich auf dem Jackett des Herrn Studenten wieder.

Luise entschuldigte sich tausendmal bei ihrem Opfer, unterstrichen von einer zarten Gesichtsröte, welche den etwas älteren Studenten in Verzückung geraten ließ.

Der Versuch, pekuniär für den Schaden, sprich Reinigungskosten, aufkommen zu wollen, schmetterte Heinrich Merlinger sogleich ab, indem er die völlig verunsicherte Luise aufforderte, mit ihm einen Kaffee trinken zu gehen.

Die Begleiterinnen von Luise, Freundinnen vom Gymnasium, genossen den Vorfall auf das Höchste und untermauerten die etwas verwirrende Situation mit einem dafür angemessenen Kichern.

Luise befand sich in einer Zwangslage. Da waren auf der einen Seite ihre vertrauten Freundinnen, deren Gesellschaft sie nicht einfach verlassen konnte.

Und auf der anderen, ganz sicher aufregenden Seite, befand sich ein gut aussehender, junger Mann, dessen Kleidung deutlich auf den Status eines Studiosus hinwies, und der ihr kleines Herz deutlich erkennbar höherschlagen ließ.

Ein Kompromiss wäre jetzt opportun; aber woher nehmen und nicht stehlen?

In diesem Augenblick bewies Heinrich Merlinger, dass er ein Gentleman war.

„Die jungen Damen in Ihrer Begleitung sind selbstverständlich eingeladen, uns in ein Etablissement Ihrer Wahl zu begleiten, in welchem uns Kaffee und Kuchen gereicht werden können. Ich selbst kenne mich zu wenig aus, um eine passende Wahl treffen zu können."

Luise schmolz dahin. So viele schöne Worte. Sie klangen wie Musik in ihren Ohren. Das aufmunternde und Zustimmung deutende Kopfnicken ihrer Freundinnen machten Luise die Antwort leicht.

„Ich schlage das <Mokkastübchen> vor. Da gibt es herrliche Mehlspeisen."

Das begeisterte Herumhüpfen und in die Hände klatschende Gehabe von Luises Freundinnen belegte das zarte Alter, in welchem sich die Mädchen befanden. Zarte 19 Jahre standen einem Studenten für Maschinenbau gegenüber, der bereits seinem 24. Lebensjahr entgegenstrebte.

„Also dann darf ich bitten?"

Mit diesen Worten bot Heinrich Luise seinen Arm an, und Luise hakte sich ein.

Sodann machte man sich eiligen Schrittes auf zu besagtem „Mokkastübchen", wo es herrliche Kuchen und Torten gab. Im Gefolge Luises Freundinnen, welche sich dem gerade stattfindenden Abenteuer mit großer Aufregung hingaben.

*****

„Kaffee, Tee, Mineralwasser, Sandwiches!"

Mit diesen Worten wurde Jochen Hoffmann aus seinen Gedanken gerissen.

Ein freundlicher, junger Mann in schwarzer Hose, mit weißem Hemd und Fliege stand mit einem Servierwagen vor dem Abteil und steckte seinen Kopf herein.

„Was für Sandwiches?", fragte Jochen. Die Zeit nach dem Aufstehen war zu kurz gewesen, um noch frühstücken zu können.

„Schinken, Käse, Salami und ein vegetarisches", kam prompt die Antwort des jungen Mannes.

„Was ist da drauf?", fragte Jochen.

„Grünkernaufstrich mit Salatblatt und Tomaten."

Das Wort „Tomaten" zeugte von einer gewissen Intelligenz des Anbietenden. Obwohl ein Österreicher, vermied er die typisch österreichische Bezeichnung „Paradeiser" für das Nachtschattengewächs, musste er doch davon ausgehen, dass nicht jeder Reisende zwangsläufig ein Österreicher sein müsste. Und ein englisch sprechender Zuginsasse könnte von dem Wort „Tomate" eher auf das englische Pendant „Tomato" schließen, denn auf „Paradeiser".

„Geben Sie mir bitte einen Kaffee, schwarz, ohne Zucker und ein Käsesandwich."

Damit war dem Anspruch des Vegetariers Jochen Hoffmann Genüge getan, denn Grünkern war nicht so sein Ding.

„Bitte sehr, mein Herr. Das macht dann 14 Euro."

Mit diesen Worten und einem freundlichen Lächeln überreichte der „Einpersonen-Geschäftsmann" die bestellte Ware an den verdutzten Reisenden.

Jochen gab dem tüchtigen, jungen Mann einen Zehn- und einen Fünfeuroschein mit der Bemerkung: *„Stimmt so."*

Der junge Mann bedankte sich, wünschte eine gute Weiterreise und schloss die Kabinentür.

Jochen Hoffmann wickelte das Sandwich aus, machte einen kräftigen Biss, und war von der Qualität des Produktes angetan.

Ein weiterer Biss und dazu ein überraschend gut schmeckender Schluck Kaffee ließen die momentane Verärgerung über den „geschmalzenen" Preis allmählich verschwinden.

*****

Jochen Hoffmann wollte sich gerade wieder seinen Erinnerungen hingeben, während er noch den letzten Bissen seines Sandwiches durchkaute, als eine Stimme aus dem Zuglautsprecher erklang, um die Reisenden in moderatem Tonfall auf die Reise einzustimmen.

„Guden Morgen, meine Damen und Herren! Zugchef Jäger begrüßt Sie mit seinem Diehm im Eurosiedi Wien-Hamburg, über Bassau, Nürnberg, Würzburg, Frankfurd, Frankfurd-Flughafen, Köln, Dortmund, Hamburg und wünscht Ihnen eine gute Reise. Im middleren Deil des Zuges, zwischen der ersten und zweiten Glasse, befindet sich der Speisewagen, in dem Sie gern erwartet werden."

Es gehört zum umfangreichen Service der ÖBB (die DB macht das natürlich auch, allerdings in bayrisch-fränkischem Tonfall; bisweilen auch in Sächsisch…), die Durchsage in einem nicht ganz astreinen „Oxford-englisch" zu wiederholen:

„Gud morning, lejdies än dschendelmän. Drejntschief Hanter ent his kruh wellkamms juh in ße jurosiddi Wien-Hamburg, weia Passau, Nürnberg, Frankfurt, Frankfurt-Ährport, Köln, Dortmund, Hamburg ent wisch juh ä plessent dschörnie. In ße middl of ße drejn, bidwiehn ße först ent ße seckent glas, ßer iß auer restorantkahr, wer wi wutt bie bließt tu wellkamm juh."

Faszinierend an der englischen Version der Durchsage war, dass aus dem Namen „Jäger" ein „Hunter" wurde, was rein übersetzungstechnisch gesehen korrekt daherkommt, aber in etwa so ist, als würde der Stadionsprecher bei Olympischen Spielen den französischen Hochspringer Guillaume Forestier mit „Günther Förster" ankündigen.

Jochen Hoffmann musste lächeln, und er fragte sich, inwieweit ein nicht deutsch sprechender Mitreisender das Gesagte inhaltlich verifizieren konnte.

Dann wanderten seine Gedanken wieder zu Tante Luise und ihrem bewegten Leben.

*****

Heinrich Merlinger und Luise Hoffmann hatten sich in dem Augenblick ineinander verliebt, als sie sich zum ersten Mal in die Augen gesehen hatten.

Das kam jedoch bei ihrem Bruder Franz gar nicht gut an. Allein die Tatsache, dass Heinrich Merlinger Deutscher war, machte ihn automatisch zu einer „Persona non grata".

Franz war noch zu jung, um im Zweiten Weltkrieg als Soldat zu dienen, indes sein Vater wurde eingezogen und fiel 1942 vor Stalingrad.

Luise ließ jedoch nicht ab von ihrem Heinrich. Je stärker sich der Widerstand im Haus Hoffmann manifestierte, umso mehr klammerte sie sich mit jeder Faser ihres Körpers und ihrer Seele an den deutschen Geliebten.

Franz, der sich seit dem Tod des Vaters als Oberhaupt der Familie sah, musste sich dennoch dem Entschluss der Mutter Katharina beugen, die den jungen Galan, der das Herz ihrer Tochter Luise erobert hatte, kennenlernen wollte. Sie ließ ihn durch Luise zum Essen einladen.

Heinrich Merlinger nahm dankend an und erschien an einem Sonntagmittag zum Essen. Mit einem Blumenstrauß für Katharina Hoffmann und einem vollendeten Handkuss sammelte er augenblicklich wertvolle Punkte, die er im Verlaufe der nächsten ein, zwei Stunden durch sein perfektes Auftreten noch vermehren konnte.

Franz Hoffmann machte gute Mine zum bösen Spiel, plante jedoch im Geheimen, die Person Studiosus Heinrich Merlinger genauer zu durchleuchten.

Eines hatte er jedoch zu seinem Leidwesen schon herausgefunden. Heinrich Merlinger war kein „ewiger Student", was Franz in die Karten gespielt hätte. Er hatte sein Studium erst so spät beginnen können, weil er in den letzten Kriegsjahren noch eingezogen wurde.

Und so kam es, dass Luise von Mutter Katharina den Segen bekam, sich mit Heinrich Merlinger fortan treffen zu können, jedoch unter der Prämisse, dass die schulische Leistung nicht darunter leiden dürfe.

Franz ließ nicht locker. Er fragte Heinrich förmlich ein Loch in den Bauch. Als er ihn fragte, was er nach dem Studium machen wolle, bekam er eine enttäuschende Antwort.

Heinrich antworte, dass er im Betrieb seines Vaters arbeiten würde.

Franz Hoffmann, Mitarbeiter im Finanzministerium in gehobener Stellung, recherchierte sogleich nach einer Maschinenbau-Firma mit Sitz in Heidelberg. Und als er erfuhr, dass es eine solche gab, stürzte eine Welt für ihn ein.

„Maschinenbau Wilhelm Merlinger und Sohn."

Es war nicht schwer zu erraten, wer sich wohl hinter dem Zusatz „und Sohn" verbergen würde…

*****

Das kommende Jahr brachte zwei freudige Ereignisse hervor. Luise Hoffmann bestand ihre Matura mit Auszeichnung und sie wurde schwanger.

Während Mutter Katharina ihren Großmutterfreuden mit strahlender Mine entgegensah, schoben sich dunkle Wolken vor das Gesicht von Luises Bruder.

Der Makel, der auf das Haus Hoffmann gerade hereinzubrechen drohte, war zwar unabdingbar, aber man konnte ihn zumindest mit Anstand minimieren.

In Windeseile wurde die Verlobung ausgerufen und in allen Gazetten zur Veröffentlichung gebracht.

Luise und Heinrich waren unbeschreiblich glücklich. Die Verlobungsfeier wurde im „Sacher" ausgerichtet, in welchem auch die künftige deutsche Verwandtschaft untergebracht war.

Franz Hoffmann musste sich eingestehen, dass die „Piefkes" sympathischer waren, als er sich erhofft hatte. Schweren Herzens begann er seine Ablehnung allmählich in Sympathie umzuwandeln.

Besonders Wilhelm Merlinger, der Vater von Heinrich, war eine in sich ruhende Person von sonnigem Gemüt. Die liebevolle Art, wie Vater Merlinger und Sohn miteinander umgingen, erweckte in Franz eine tiefe Sehnsucht aus der Vergangenheit. Er wünschte sich, er hätte einen Vater wie ihn gehabt.

Auch das Verhalten Luise gegenüber zeugte von großer Zuneigung und der Umgang mit Mutter Katharina von großem Respekt.

Im Verlauf der Feier wurde auch der Termin für die Hochzeit festgesetzt. Die Feier im kleinen Kreis – es waren außer Braut und Bräutigam nur Franz, die Mutter Katharina und die Eltern von Heinrich zugegen – verlief in großer Harmonie und endete mit der Einladung von Wilhelm Merlinger, die Familie Hoffmann möge unbedingt in naher Zukunft Gäste in der Villa Merlinger in Heidelberg werden.

*****

Eine halbe Stunde später lief der Zug in St. Pölten ein. Viele der Passagiere stiegen aus, aber nur wenige ein.

Eine der zugestiegenen Personen machte mit einem energischen Ruck die Tür zu Jochen Hoffmanns Abteil auf und schob einen Koffer herein.

Es war ein Trolley von beachtlicher Größe, der zu der Person nicht zu passen schien.

Ca. 1,65 m groß, schätzungsweise 60 kg schwer, blond, mit beeindruckenden Rundungen an der richtigen Stelle und Augen von immenser Strahlkraft.

Man sagt bekanntlich, dass die Augen des Menschen die Fenster zu seiner Seele wären. Und die Augen dieser Frau waren so glasklar, dass man sich hätte darin spiegeln können.

„Erlauben Sie, gnädige Frau?"

Jochen Hoffmann war aufgestanden und deutete mit der Hand auf das Gepäckstück.

„Das ist sehr freundlich von Ihnen. Ich nehme Ihre Hilfe dankbar an."

Erst die Augen und jetzt die Stimme.

Durch Jochen Hoffmanns Körper rann ein heißer Schauer. Er beugte sich zu dem Koffer hinunter, um ihn in die Gepäckablage zu wuchten.

Als er ihn anhob, erschrak er. Das Teil war ordentlich schwer.

Jochen Hoffmann hätte nicht gedacht, dass ihn dieses Vorhaben an seine körperliche Grenze bringen würde. Er zwang sich zu einem Lächeln und spannte den Rest, der ihm altersmäßig verblieben, Muskeln an.

„Ich hoffe, er war nicht zu schwer", sagte die Dame, nachdem sich beide gesetzt hatten.

Das Strahlen in ihren Augen hätte Jochen nie erlaubt, die Wahrheit zu sagen.

„Aber nein, gnädige Frau. Dafür reicht die Kraft schon noch aus."

Jochen ärgerte sich über die Antwort, die etwas unglücklich daherkam.

„Ich heiße Annette Wertheim. Aber nennen Sie mich Annette. Es ist zwar nicht ladylike, aber ich denke, wir sind in einem ähnlichen Alter."

Jochen schwankte zwischen Zweifel und Bewunderung hin und her. Entweder diese Frau hat sich mithilfe von Kosmetik und eventueller Schönheitsoperation jünger gehalten, oder sie ist eine charmante Schwindlerin.

„Mein Name ist Jochen Hoffmann. Bitte, nennen Sie mich Jochen oder Jojo, wie mich meine Freunde nennen. Aber das mit dem ähnlichen Alter kommt ganz sicher nicht hin."

22

„Nun, mein lieber Jojo; dann lassen Sie uns die Karten auf den Tisch legen. Ich werde in ein paar Wochen runde sechzig. Und jetzt Sie!"

Jochen wurde schwindelig. So etwas hatte er noch nicht erlebt. Sein Gegenüber war zweifellos eine Dame; aber diese Direktheit, ihm als einem Fremden gegenüber, überraschte ihn. Er vermochte es nicht einzuordnen. Und wie von einer unsichtbaren Macht geführt, antwortet er:

„Ich bin vor einem Monat zweiundsiebzig geworden."

„Das gibt es doch nicht."

Und wieder war Jochen verunsichert. Entweder das Erstaunen war echt, oder Annette war eine begnadete Schauspielerin.

„Sind Sie beim Theater oder beim Film?"

Jochen erstarrte. *„Das kann ich unmöglich gesagt haben",* schoss es ihm durch den Kopf.

„Weder noch, mein Lieber", antwortete Annette mit einem Lächeln. *„Wie kommen Sie darauf?"*

„Weil Sie so wunderschön sind."

Jochen fühlte, wie ihm die Röte augenblicklich ins Gesicht stieg. *„Entweder sie knallt mir eine oder sie verlässt das Abteil."*

Jetzt war Jochen total von der Rolle. Er fühlte eine Hilflosigkeit, wie er sie noch aus Kindertagen kannte. Er musste an seinen Vater denken, der ihn oft genug verbal in die Enge getrieben hatte, wenn er sich als Kind nicht regelkonform verhalten hatte.

„Sie sind ein Charmeur, lieber Jojo."

Jetzt war das Fass am Überlaufen. Jochen Hoffmann stand auf, und mit einem *„entschuldigen Sie bitte"* verließ er eilig das Abteil...

*****

Man kann eine Frage kurz halten, oder sie großzügig ausschmücken. Hier ein Beispiel dazu:

„Hat sich die Anzahl der Personen in diesem Raum nach oben hin verändert, seitdem ich zuletzt anwesend war?"

Oder: *„Jemand zugestiegen?"*

So effizient geht es bei der „Österreichischen Bundesbahn" zu.

Annette übergab ihr Reisedokument dem Zugbegleiter mit der Frage: *„Werden wir pünktlich in Hamburg sein?"*

Und wieder lieferte der Beamte einen Beweis effizienten Handelns. Er antwortete:

„Wir sind gut in der Zeit."

Diese Antwort impliziert keinesfalls ein *„Ja"*; im besten Falle ein *„Vielleicht"* oder ein *„Hoffen wir das Beste."*

Jochen Hoffmann war kurz vor dem Zugbegleiter zurückgekehrt, und gerade, als Annette ihren Mitreisenden ob seines Verhaltens befragen wollte, streckte der Beamte seinen Kopf herein.

Jochen fischte eilig ein Buch aus seinem Rucksack und schlug es auf. Er hoffte inständig, dadurch der Wissbegier Annettes entgehen zu können.

„Haben Sie Angst vor Frauen, Jojo?"

In Jochens Schläfen begann es heftig zu hämmern. Er bereute es, dass er sich auf diese Frau eingelassen hatte. Jochen tat, als hätte er die Frage überhört und starrte angestrengt in sein Buch.

Annette schob mit einem leichten Druck ihrer Hand das Buch aus Jochens Gesichtsfeld, indem sie es sanft nach unten drückte.

„Hören Sie auf!", sagte sie, *„Sie benehmen sich gerade wie ein kleines, trotziges Kind. Was ist nur los mit Ihnen?"*

Sie schaute in Jochens Gesicht und ließ die Worte eine kleine Weile wirken. Dann fuhr sie fort:

„Ich mache Ihnen einen Vorschlag. Wir resetten.

Ich gehe hinaus, öffne die Tür von draußen und komme herein. Dann sage ich <guten Tag> und setze mich nieder.

Sie erwidern meinen Gruß und wir beginnen ein zwangloses Gespräch. Was halten Sie davon? "

Jochen war erleichtert. Alles, nur nicht die Frage nach seinem postpubertären Verhalten von vorhin. Er nickte.

Und dann spielten die beiden Reisenden das Spiel vom „Resetten."

Sie stellten sich einander vor und wiederholten den Dialog, wie schon einmal praktiziert, jedoch nur bis zu der Stelle mit dem Theater und dem Film. Hier bogen sie ab.

„Reisen Sie auch nach Hamburg? "

„Nein, ich fahre nach Heidelberg. "

Jochen begann große Bewunderung für Annette zu empfinden. Es war einfach toll, wie sie ihm aus der Klemme geholfen hatte.

„Sitzen Sie nicht im falschen Zug? "

Jochen lachte.

„Keineswegs, liebe Annette. Ich fahre bis Würzburg und steige dann in einen Regionalzug um, der mich nach Heidelberg bringt.

Und außerdem kann ich gar nicht im falschen Zug sitzen; denn sonst hätte ich Sie nicht kennenlernen dürfen."

Jochen Hoffmann war, ohne es zu bemerken, wieder in sein altes Fahrwasser zurückgekehrt.

Annette schüttelte leicht mit dem Kopf.

„Ich habe es vorhin schon einmal gesagt, mein lieber Jojo. Sie sind ein rechter Charmeur."

Das Lächeln in Annettes Augen ließen bei Jochen den Verdacht aufkommen, dass beide sich gerade am Rand eines Flirts bewegten.

Zu diesem Verdacht gesellte sich augenblicklich eine ordentliche Portion Mut dazu, welcher Jochen veranlasste, zu sagen:

„Könnte ich die Uhr meines Lebensalters um ein paar Umdrehungen zurückschrauben, würde ich Ihnen den Hof machen."

Annette geriet förmlich in Entzücken, als sie diese Worte hörte.

„Mein Gott, Jojo", rief sie aus, *„welche Poesie schwingt in Ihren Worten mit. Sind Sie ein Dichter oder ein Philosoph?"*

„Weder noch", erwiderte Jochen, *„ich finde Sie ganz einfach bezaubernd, und ich hoffe, Sie verzeihen mir meine Kühnheit."*

„Da gibt es nicht zu verzeihen, lieber Jojo. Seit meiner Scheidung vor drei Jahren hat mir kein Mann auch nur annähernd etwas so Schönes gesagt wie Sie."

Jochen fühlte sich bestätigt in seinem Wagemut und er ergriff Annettes Hände, als das Schicksal grausam dazwischenfunkte. Vom Gang her ertönte eine Stimme:

„Zollkontrolle. Bitte halten Sie Ihre Ausweispapiere bei der Hand!"

Der ICE befand sich kurz vor Passau und damit vor dem Übertritt vom österreichischen zum deutschen Hoheitsgebiet.

Jochen und Annette hatten ihre Pässe hervorgeholt und warteten auf die Zollbeamten. Einer der beiden machte die Tür zum Abteil auf, streckte kurz den Kopf herein, um danach die Tür wieder zu schließen. Er hatte die Pässe noch nicht einmal angeschaut.

Damit war der Zauber des Augenblicks hinweggefegt und die beiden Reisenden sahen einander verlegen an.

„Reisen Sie geschäftlich nach Heidelberg oder privat?"

Die Frage war ebenso sinnlos, als hätte Annette beim Anblick Jochens gefragt, ob er an einem Triathlon teilnehmen wolle.

28

Nicht dass Jochen adipös dahergekommen wäre, aber ein kleines Bäuchlein war schon zu erkennen.

„Ich fahre zur Beerdigung meiner verstorbenen Tante."

Jochens Nervosität war deutlich erkennbar. Warum sonst hätte er „verstorbene Tante" gesagt. Eine noch lebende Tante würde man wohl kaum beerdigen wollen.

„Das tut mir leid", sagte Annette.

„Muss es nicht", erwiderte Jochen, *„Tante Luise war schon dreiundneunzig."*

„Ein schönes Alter", bemerkte Annette, *„beneidenswert."*

„Ich weiß nicht..."

Jochens Gesichtsausdruck spiegelte Zweifel wieder.

„Finden Sie es erstrebenswert, so alt zu werden?"

„Sie nicht?", konterte Annette.

„Die Frage ist doch, wie viel Lebensqualität beinhaltet ein Alter jenseits der Neunzig?, antwortete Jochen.

„*Das ist sicher von Fall zu Fall verschieden*", sagte Annette, „*und die Lebensumstände spielen auch eine gewisse Rolle.*"

Es folgte ein Augenblick der Stille. Annette richtete ihren Blick auf das Buch, das neben Jochen auf dem Sitz lag.

„*Was lesen Sie da schönes?*"

„*Ein Buch von einem wenig bekannten österreichischen Autor.*"

„*Wie heißt der Mann und wie heißt das Buch?*"

„*Der Autor ist Jürgen von Rehberg und der Titel des Buches heißt <Die vier Lebenszeiten>.*"

„*Ein schöner Titel. Gefällt mir. Und wovon handelt das Buch?*"

„*Es ist eine Selbstbiografie des Autors. Er beschreibt darin die Stationen seines Lebens mit allen Höhen und Tiefen. Er nennet sie Frühling, Sommer, Herbst und Winter.*"

Jochen nahm das Buch und reichte es Annette.

„*Nehmen Sie es. Ich habe es schon mehrmals gelesen. Dann haben Sie etwas für die lange Fahrt und als kleine Erinnerung an eine hoffentlich schöne Begegnung.*"

Annette nahm das Buch entgegen. Sie lächelte.

„Mochten Sie ihre Tante?"

Mit dieser thematischen Kehrtwendung waren die beiden Reisenden wieder zu Tante Luise zurückgekehrt.

„Sehr sogar. Ich habe sie geliebt. Meine Schulferien im Sommer habe ich fast ausschließlich bei ihr verbracht."

„Haben Sie selbst Kinder?"

Die Frage überraschte Jochen. Obwohl es eine nahe liegende und unverfängliche Frage war, empfand sie Jochen doch als sehr intim.

„Ich habe mehrere Kinder aus zwei Ehen, zu denen ich keinen Kontakt pflege, weil sie das nicht möchten, und ich bin in dritter Ehe verwitwet."

Die Heftigkeit, mit welcher Jochen die gewünschte Auskunft gab, ließ ihn selber erschrecken. Warum er das getan hatte, erschloss sich ihm in diesem Moment nicht.

„Bitte, entschuldigen sie. Ich wollte Ihnen nicht zu nahe treten."

Jochen sah in das erstaunte Gesicht von Annette und hätte sich am liebsten selbst geohrfeigt.

„Es tut mir leid, Annette. Ich weiß nicht, was mich da eben geritten hat. Bitte, verzeihen Sie!"

31

„*Ist schon in Ordnung, Jojo*", erwiderte Annette mit sanfter Stimme, „*wenn Sie möchten, erzähle ich Ihnen jetzt ein bisschen was von mir.*"

Jochen sah in Annettes Augen. Es war, als nehme seine Seele ein Bad in einem warmen Jacuzzi.

„*Sehr gern, liebe Annette.*"

„*Ich selbst bin eine echter <Fischkopf>, wie du vielleicht schon an meiner Sprache erkannt hast*", begann Annette, „*und ich wohne an der Ostseeküste, genauer gesagt in Eckernförde.*"

Hier machte Annette eine Pause. Sie sah Jochen eindringlich an und sagte dann:

„*Wenn wir schon zusammen reisen, und wenn wir unsere Lebensgeschichte voreinander ausbreiten, dann können wir auch DU sagen.*

Ich weiß, das ist wieder nicht ladylike; aber das ist mir piepegal. Du kannst natürlich auch ablehnen."

„*Aber nein*", erwiderte Jochen schnell, „*ganz im Gegenteil.*"

„*Gut, dann mache ich weiter.*

Ich bin geschieden, wie ich schon erwähnt habe, und ich bin Mutter einer Tochter. Sie heißt Heike und wohnt mit ihrer Familie in St. Pölten.

Sie und Michael haben sich beim Skifahren kennengelernt.

Heike hat vor ein paar Wochen ihr zweites Kind bekommen und ich bin zur Taufe des kleinen Würmchens nach St. Pölten gereist.

Und nun fahre ich wieder nach Hause ans Meer. Ich war eine ganze Woche bei Heike und ihrem Ehemann zu Gast. Der Fisch fängt bekanntlich nach drei Tagen zu stinken an, so sagt man über Besuch. Und deshalb war es höchste Zeit für mich, wieder zu verschwinden.

Ich habe ein gutes Verhältnis zu meiner Tochter und meinem Schwiegersohn; aber ich bin am liebsten zu Hause."

Jochen hatte aufmerksam zugehört. Annette imponierte ihm. Ihre Direktheit, ihre Geradlinigkeit, erinnerten ihn an Sabine.

Als sie starb, fiel Jochen in ein tiefes Loch. Bei Sabine wurde quasi über Nacht Leukämie festgestellt. Ihr Bruder Manfred hatte sich spontan für eine Knochenmarktransplantation zur Verfügung gestellt; aber Sabines Körper stieß die Spende ab. Drei Wochen später war Sabine tot.

„Du erinnerst mich an meine Sabine", übernahm jetzt Jochen wieder das Wort. *„Es ist jetzt fünf Jahre her, dass ich sie gehen lassen musste. Sie hatte Leukämie. Ich habe ihren Tod nie verwunden…"*

„Das tut mir leid."

Es war echte Anteilnahme, mit der Annette diese Worte ausgesprochen hatte, und sie berührten Jochen.

„Ich habe seither keine Frau mehr angesehen."

Jochen spürte, wie leicht ihm dieser Satz über die Lippen gekommen war. Eine tiefe Verbindung, die sich innerhalb von zwei Stunden Bahnfahrt mit einem fremden Menschen aufgebaut hatte, zusammen mit einer stetig wachsenden Zuneigung hatte das möglich gemacht.

„Kannst du dir vorstellen, dass sich das irgendwann einmal wieder ändern wird?"

Jochen und Annette waren im Begriff, den inneren Kreis des Geschehens zu betreten. Sie sahen einander an und ihre Blicke wichen nicht voneinander.

„Ich glaube, das ist gerade geschehen", sagte Jochen mit tränenerstickter Stimme.

Annette stand auf, beugte sich zu Jochen und küsste ihn auf die Stirn.

„Du Lieber. Du lieber, wunderbarer Mann."

Und dann löste sich der ganze Schmerz, den Jochen all die Jahre über in seinem Herzen verborgen gehalten hatte.

*****

Kurz vor Passau hörte man die Stimme des Zugbegleiters: *„Nächster Halt Passau!"*

Und für das internationale Reisepublikum gab es wieder die gewöhnungsbedürftige Übersetzung in englisch: *„Next Stopp Passau."*

Kurz darauf streckte einer der deutschen Zollbeamten den Kopf beim Abteil herein, machte von Weitem einen flüchtigen Blick auf die Pässe, welche von Jochen und Annette entgegengestreckt wurden, und schloss dann wieder die Tür.

Nur wenige Minuten später lief der ICE im Hauptbahnhof ein, wo sehr viele Menschen aus dem Zug stiegen.

Jochen sah gebannt durch die Tür auf ein wildes Menschengewusel, das sich in beide Richtungen bewegte. Seine Hoffnung, dass keiner der Personen das Abteil betreten würde, wurde leider enttäuscht.

Ein junges Paar mit Kind trat ein und zerstörte den Zauber, dem sich zwei Menschen noch vor wenigen Augenblicken hingegeben hatten.

Die Eltern des Kindes waren ca. Ende zwanzig und das Kind schätzungsweise erste Klasse Grundschule.

Chantal, so der Name des Kindes, okkupierte den Sitzplatz neben sich, indem sie den Inhalt ihres kleinen Köfferchens darauf ausbreitete, begleitet von lautstarken Kommentaren.

Die strengen Blicke von Jochen und Annette ignorierte das Kind ebenso, wie die eindringlichen Worte ihrer Mutter:

„Chantal, sei doch bitte etwas leiser. Du störst die beiden Herrschaften."

Der flehende, hilflose Blick der Mutter, der von Chantal zu Jochen und Annette wanderte, veränderte sich in einen – um Entschuldigung bittenden – Blick.

Während die Mutter Anstand zeigte, erwies sich der Vater von Chantal als ein grobschlächtiges Individuum. Sein Kommentar zu dem extrovertierten Gehabe seines kleinen Lieblings beschränkte sich auf ein knappes *„so lass sie doch."*

Jochen begegnete der unliebsamen Situation, indem er sich AirPods in die Ohren steckte und Musik hörte. Und Annette machte sich über das Buch her, welches Jochen ihr zuvor geschenkt hatte.

Der Zug hatte indes wieder Fahrt aufgenommen. Es dauerte nicht lange, bis Annette ihr Vorhaben aufgab, das Buch zu lesen. Chantal ließ es einfach nicht zu. Sie legte das Buch aus den Händen und schaute beim Fenster hinaus auf die vorübergleitende Landschaft.

Jochen hielt die Augen geschlossen und seine Gedanken wanderten erneut zu Tante Luise…

*****

Ein Brauch aus alter Zeit schreibt vor, dass eine Hochzeit immer am Wohnort der Braut stattfinden muss, es sei denn, man heiratet außerhalb, wie zum Beispiel in Las Vegas.

Die Familien Merlinger und Hoffmann hatten sich jedoch darauf geeinigt, die Hochzeit möge am Wohnort des Bräutigams stattfinden, weil die Verwandtschaft aus der Kurpfalz umfangreicher wäre als die aus Wien stammende.

Und so reiste Luise mit ihrer Mutter und ihrem Bruder, nebst dessen Gattin Martha und Großmutter Karoline nach Heidelberg, um als Gäste in der Villa Merlinger zu logieren.

Großmutter Karoline, die man anstandshalber nach ihrer Meinung gefragt hatte, bemerkte dazu: *„Heidelberg soll um diese Jahreszeit sehr schön sein."* Und das, obwohl sie keine Ahnung hatte, wo Heidelberg liegt, geschweige denn, wie es dort ausschaut…

Im Vorfeld der Hochzeit musste nicht nur die Hürde der Location genommen werden, sondern auch die Frage, welche Konfession obsiegen würde. Die der Braut oder die des Bräutigams?

Die Merlingers waren von Anbeginn ihres Geschlechts aufrechte Protestanten und besuchten regelmäßig den Sonntagsgottesdienst in der Heiliggeistkirche. Und Luise wurde dort ebenso getauft wie ihr Bruder Franz.

Die Hoffmanns hingegen waren moderat katholisch und begnügten sich mit dem alljährlichen Besuch der Christmette zu Weihnachten. So gesehen war die Hürde der Konfessionsfrage nicht allzu hoch gewesen.

Die Trauung fand in der reich geschmückten Heiliggeistkirche statt, nachdem man sich zuvor auf dem Rathaus, das nur wenige Meter davon entfernt liegt, das Jawort gegeben hatte.

Die Trauzeugen waren Luises Bruder Franz und ein langjähriger Jugendfreund von Heinrich, namens Werner Borchert, den Luise von der ersten Begegnung an in ihr Herz geschlossen hatte.

Vater Merlinger hatte alles bestens organisiert:

Sektfrühstück im kleinen Kreis in der Villa

Trauung auf dem Standesamt

Trauung in der Kirche

Hochzeitsessen in der „Herrenmühle"

Spaziergang auf dem „Philosophenweg"

Oder Besuch des „Heidelberger Schlosses"

Kaffee und Abendessen auf dem Schiff

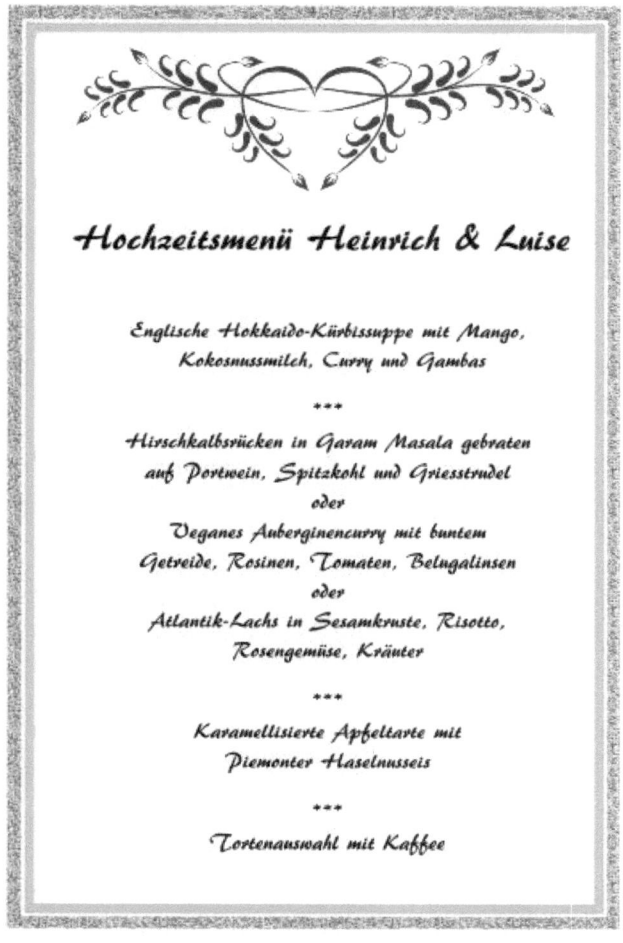

Hochzeitsmenü Heinrich & Luise

Englische Hokkaido-Kürbissuppe mit Mango,
Kokosnussmilch, Curry und Gambas

***

Hirschkalbsrücken in Garam Masala gebraten
auf Portwein, Spitzkohl und Griesstrudel
oder
Veganes Auberginencurry mit buntem
Getreide, Rosinen, Tomaten, Belugalinsen
oder
Atlantik-Lachs in Sesamkruste, Risotto,
Rosengemüse, Kräuter

***

Karamellisierte Apfeltarte mit
Piemonter Haselnusseis

***

Tortenauswahl mit Kaffee

Nach der Trauung in der Kirche ging die Festgesellschaft durch die Fußgängerzone in das ca. 500 Meter entfernt gelegene Restaurant „Herrenmühle".

Die Hochzeitstafel war wunderschön gedeckt und das Menü fand allgemeine Begeisterung. Erst hielt der Vater des Bräutigams eine Rede und danach Franz, Luises Bruder.

Franz, der nur vier Jahre älter war als Luise, hatte sich immer als ihren Beschützer gefühlt. Als ihrer beider Vater in Stalingrad gefallen war, war Franz gerade einmal vierzehn Jahre alt.

Die Großmutter Karoline, die der Tod ihres Sohnes ebenso hart getroffen hatte wie dessen Ehefrau Katharina, behielt ihren Schmerz für sich.

Sie überreichte Franz die Taschenuhr seines Vaters mit den Worten: *„Du bist jetzt der Mann im Haus. Erweise dich dessen würdig!"*

Und der junge Franz nahm diese Rolle an. Er trug fortan den Schatz in seiner Westentasche und er nahm sie öfter als nötig heraus, um die Stunde anzuzeigen.

Die Rede von Franz war sehr berührend und nötigte den anwesenden Damen die Benützung ihres Taschentuchs ab.

Luise bedankte sich bei ihrem Bruder mit einem dicken Kuss.

Nach dem Essen bildeten sich zwei Gruppen. Die eine fuhr mit der Bergbahn zum Schloss und die andere marschierte auf die andere Neckarseite hinauf zum „Philosophenweg".

Von beiden Aussichtspunkten hat man einen herrlichen Blick über die Stadt.

Heinrich und Luise hatten sich für die Philosophenweg-Variante entschieden, während die Merlinger-Eltern und die Hoffmanns den Ausflug zum Schloss vorzogen.

Luise war einfach nur glücklich. Sie hatte ihren Traummann gefunden, ihre Schwiegereltern vergötterten sie und die Aussicht auf ein Kind machte das Glück vollkommen.

Am späten Nachmittag bestiegen dann alle die „Neckarperle", ein Ausflugsschiff, das Vater Merlinger gemietet hatte, und auf dem eine kleine Band zum Tanz aufspielte.

Einzig Oma Karoline fuhr nicht mit. Der ganze Trubel hatte sie körperlich doch an ihre Grenze gebracht. Und so bat sie, sie möchte den Abend lieber in der Villa verbringen.

Elisabeth Merlinger, die Mutter von Heinrich, leistete – auch gegen heftigen Widerspruch von Oma Karoline – der alten Dame Gesellschaft. Und bei einem Glas Sherry und einem guten Gespräch genossen die beiden Frauen den restlichen Abend.

Mit einem kleinen Feuerwerk, das vom Schiff abgeschossen wurde, ging die prächtige Hochzeitsfeier zu Ende.

*****

Im darauffolgenden Frühjahr schenkte Luise ihrem Heinrich einem gesunden Knaben. In Erinnerung an den im Krieg gefallenen Johann Hoffmann, ließen die Eltern den Neugeborenen auf den Namen „Johannes" taufen.

Die Taufe fand traditionsgemäß in der Heiliggeistkirche statt. Dieses Mal in einem kleinen Kreis.

Heinrich und Luise waren in ein Haus, unweit der Villa Merlinger gezogen, das ihnen Wilhelm Merlinger zur Hochzeit gekauft hatte.

Das Glück schien vollkommen, bis zu einem Tag, drei Monate später.

Der kleine Johannes schlief in seinem Bettchen, als Luise Wäsche im Garten aufhängte. Als sie wenig später nach dem Knaben sah, lebte dieser nicht mehr. „Plötzlicher Kindstod", so die festgestellte Todesursache.

Luise brach zusammen und wurde ins Krankenhaus gebracht. Heinrich konnte mit der Situation nicht umgehen. Obwohl ihm und auch den anderen mehrmals von ärztlicher Seite bestätigt wurde, dass der Tod des Kindes nicht verhindert werden konnte, gab er Luise die Schuld, ohne es laut auszusprechen.

Er besuchte Luise kein einziges Mal im Krankenhaus, und selbst als sie in häusliche Pflege entlassen wurde, mussten ihm die Eltern erst ins Gewissen reden, damit er ab und zu nach Luise schaute.

Heinrichs Freund und Trauzeuge Werner Borchert besuchte Luise öfter als ihr Ehemann, um ihr Trost zu spenden und Mut zu machen.

Luise litt sehr darunter, dass Heinrich ihr die kalte Schulter zeigte. Als sie es nicht mehr aushielt, fuhr sie mit dem Zug nach Wien zu ihrer Mutter.

Franz telefonierte mit Heinrich mehrmals, um ihm ins Gewissen zu reden; aber ohne jeden Erfolg.

Die Eltern von Heinrich hatten Luise einen langen Brief geschrieben, in dem sie sich für ihren Sohn Heinrich schämten und Luise um Verzeihung baten.

Als Weihnachten vor der Tür stand, kam Werner Borchert mit dem Auto, um Luise zu besuchen. Das Angebot, im Haus Hoffmann logieren zu können, lehnte Werner ab. Er mietete sich in einer nahe gelegenen Pension ein.

Luise und Werner trafen sich täglich für lange Spaziergänge im Schlosspark Schönbrunn.

Mit jedem Tag fühlte sich Luise von Werner ein Stück weiter angezogen und nach einer Woche gaben sie sich den ersten Kuss. Luises Mutter beobachtete mit großer Freude und Wohlwollen, wie ihre Tochter Schritt für Schritt wieder ins Leben zurückfand.

Und ihrem Bruder Franz war Werner von Anfang an sympathischer gewesen als Heinrich.

Das Weihnachtsfest war in diesem Jahr besonders innig. Martha, die Frau von Franz hatte eine Gans zubereitet, deren Duft das ganze Haus erfüllte. Nach dem Essen gab es Glühwein und Weihnachtsgebäck.

Oma Karoline saß in ihrem Sessel und genoss ihren Eierlikör.

Dass sie nach dem zweiten Glas plapperte wie ein Kanarienvogel, trug zu allgemeiner Heiterkeit bei. Und dass sie Werner mit „Heinrich" ansprach, störte keinen; noch nicht einmal Werner selber.

Die alten Merlingers hatten ein liebevolles Billet geschickt, während Heinrich sich weiterhin in Schweigen hüllte.

Luise war seit Langem wieder glücklich. Sie strahlte mit den Christbaumkerzen um die Wette, und als sie das Geschenk von Werner auspackte, sagte sie unter Tränen:

„Ich werde nach Weihnachten zum Anwalt gehen und die Scheidung einreichen."

Werners Geschenk war ein kleines silbernes Herz mit einer Kette, das er Luise umhängte, ihr einen langen Kuss gab und ihr ins Ohr flüsterte:

„Ich liebe dich, Luise, und ich werde alles dafür tun, dass du nie wieder traurig bist."

*****

Chantals Lebensfreude hatte einen Level erreicht, der die Grenzen des Erträglichen überschritten hatte.

Jochen beugte sich zu Annette hin und sagte:

„Was hältst du davon, wenn wir in den Speisewagen gehen? Es ist zwar noch nicht ganz Mittag, aber wir könnten ja vielleicht eine Kleinigkeit zu uns nehmen."

„Das ist eine wunderbare Idee", erwiderte Annette und verließ mit Jochen das Abteil.

Der Speisewagen war schon gut besucht und die beiden hatten Glück, dass sie noch einen freien Tisch fanden.

Sie bestellten den „Speisewagenklassiker: Würstchen mit Senf und einer Semmel." Dazu ein kleines Bier.

„Ich mag Kinder", sagte Annette, *„wie du ja weißt, habe ich selbst eine Tochter; aber das mit der Kleinen im Abteil war schon Hardcore."*

Jochen sah Annette an. Er musste daran denken, dass der Zeitpunkt des Abschiednehmens unaufhaltsam näher rückte. Sie würden Würzburg in einer knappen Stunde erreicht haben, und dann hieß es aussteigen.

„Was geht dir gerade durch den Sinn?", fragte Annette, die den nachdenklichen Gesichtsausdruck von Jochen erkannt hatte.

„*Dass wir uns bald trennen müssen*", sagte Jochen, und Wehmut lag in seiner Stimme.

„*Bedauerst du es?*"

Annette sah Jochen erwartungsvoll an. Sie kannte diesen Mann erst seit wenigen Stunden. Aber irgendwie fühlte sie eine Vertrautheit und der Wunsch formte sich in ihr, ihn nicht gehen zu lassen.

Jochen nickte. Er hätte sie jetzt am liebsten geküsst; aber sein Mut reichte dafür nicht aus.

„*Es fällt mir schwer, dich loszulassen. Ich möchte dich nicht verlieren...*"

„*Dann komm doch mit*", sagte Annette freudig, „*im Haus ist genug Platz.*"

„*Und was mache ich mit Tante Luise?*"

Die Freude wich augenblicklich aus Annettes Gesicht. Sie sagte:

„*Ach ja; ich vergaß - Tante Luise.*"

„*Ich könnte dich ja besuchen, wenn du möchtest.*"

Jochens Worte klangen beinahe euphorisch, sie drückten deutlich den Wunsch aus, Annette nah sein zu können.

„*Unbedingt*", erwiderte Annette, „*wie wäre es, wenn du mich nach der Beerdigung besuchen kämst?*"

„Meinst du wirklich? "

Jochen hatte insgeheim gehofft, Annette würde das sagen.

„Aber ja doch. Abgemacht. Du bringst Tante Luise unter die Erde und dann steigst du in den Zug Richtung Hamburg.

Ich werde dich mit dem Auto am Bahnhof abholen und dann fahren wir zu mir nach *Hause. "*

Die beiden sahen einander in die Augen. Annette hatte Jochens Hand ergriffen und hielt sie fest. Sie wartete auf Jochens Bestätigung, und als diese nicht gleich kam, setzte sie nach:

„Was meinst du? Ist das nicht eine prima Idee? "

In Jochens Kopf herrschte Chaos.

Als er heute Morgen aus dem Haus ging, war die Welt noch in Ordnung. Alles war im Gleichgewicht. Sein Leben lief wie auf Schienen, immer gerade aus.

Und jetzt?

Fragen über Fragen: *„ Wie sollte das funktionieren? Auf der einen Seite eine dynamische Frau im besten Alter und auf der anderen? Ein Auslaufmodell mit vielen Dellen und Schrammen, im Vorhof der Pflegestufe befindlich. "*

„Was ist mit dir? "

Annette riss Jochen aus seiner Grübelei. Sie schaute ihn fragend an.

Jochen löste sich aus dem Griff von Annettes Hand, beugte sich zurück und sagte:

„Wären wir uns doch nur zehn Jahre früher begegnet. Ich würde keine Sekunde gezögert haben, dein Angebot anzunehmen..."

„Heißt das?"

Annettes Stimme kündeten die nahenden Tränen.

„Es tut mir so leid..."

Jochen war ebenfalls den Tränen nahe. Er wäre am liebsten aufgestanden und gegangen.

„Ich würde mich sehr freuen, wenn wir dennoch in Verbindung bleiben könnten. Ich verstehe aber auch, wenn du das nicht möchtest."

Annettes Enttäuschung stand ihr deutlich ins Gesicht geschrieben.

„Wozu?"

Jochen begann sich schlecht zu fühlen. Es schmerzte ihn, dass er ausgerechnet die Frau verletzt hatte, die seinem Herzen so nah war, wie keine andere Person über viele Jahre hinweg.

„Bitte, verzeih!"

Annette kramte in ihrer Tasche und holte eine Visitenkarte hervor. Sie warf sie auf den Tisch und stand auf.

„Du kannst mir ja einmal eine Karte schreiben."

Aus den Worten war eine tiefe Kränkung herauszuhören. Annette verließ den Speisewagen.

Jochen blieb zurück. Er schaute auf die Uhr und stellte fest, dass der Zug in einer Viertelstunde Würzburg erreichen musste.

Er beschloss, bis kurz vor Einlaufen des Zuges im Speisewagen zu bleiben. Dann würde er sein Gepäck aus dem Abteil holen und aussteigen.

Als die ersten Häuser von Würzburg auftauchten, ging Jochen zu seinem Abteil. Er öffnete die Tür und sah zu Annette.

Annette hielt ihren Blick fest auf das Geschehen hinter dem Fenster gerichtet. Jochen war erleichtert. Er nahm sein Gepäck aus der Ablage und verließ das Abteil.

In diesem Augenblick bereute er, was er getan hatte. Er hatte die Zuneigung einer wunderbaren Frau brüsk von sich gestoßen.

In seiner Brust kämpften zwei Dämonen: Der Wunsch, zurückzukehren und die Angst davor, es auch zu tun…

*****

Luise hatte nie gefragt, welchem Beruf Werner Borchert nachging. Als sie jetzt mit ihm darüber sprach, erlebte sie eine Überraschung.

Werner Borchert war der Sohn von Georg Breuer, dem Besitzer der Privatbank Breuer. Werners Mutter Elvira hatte Werner mit in die Ehe gebracht, und Werner hatte sich geweigert, von Georg Breuer adoptiert zu werden.

Er wollte damit die Erinnerung an seinen leiblichen Vater Erich Borchert in Ehren halten, den er über alles geliebt hatte, und der während des Krieges gefallen war.

Werner arbeitete in der Bank und er hatte zu seinem Stiefvater ein sehr gutes Verhältnis. Georg zollte damals Werners Entschluss, die Adoption nicht anzunehmen, den allergrößten Respekt.

Luises Scheidung lief problemlos über die Bühne. Heinrich hatte sich noch nicht einmal die Mühe gemacht, zum Scheidungstermin zu erscheinen. Er schickte stattdessen seinen Anwalt vor, der die unterzeichneten Dokumente gleich mitbrachte.

Da das Haus, welches Wilhelm Merlinger dem Brautpaar geschenkt hatte, zu gleichen Hälften Luise und Heinrichs gehörte, bekam Luise den aktuellen Verkehrswert auf ihr Bankkonto überwiesen.

Die Eltern von Heinrich haben ihrem Sohn nie verziehen, dass er Luise so verletzt hatte.

Die Differenzen zwischen Vater und Sohn hatten irgendwann eine Größenordnung erreicht, dass Heinrich aus der elterlichen Firma ausschied, um in der Schweiz in einem branchenähnlichen Betrieb zu arbeiten.

Dort verliebte er sich in die Tochter des Chefs und übernahm schon sehr bald die Leitung der Firma.

Der Kontakt zwischen Luise und ihren ehemaligen Schwiegereltern blieb über die ganze Zeit erhalten. Das ging so weit, dass sie Luises Einladung zu ihrer Hochzeit mit Werner Borchert gerne annahmen.

Sie kannten Werner schon von klein auf. Die Merlingers waren mit dem Bankhaus Breuer nicht nur geschäftlich verbunden, man pflegte auch privat eine sehr enge Freundschaft. Und die beiden Buben Heinrich und Werner hatten sogar Blutsbrüderschaft mithilfe eines Taschenmessers geschlossen, was ihnen eine ordentliche Schelte einbrachte.

Luises Hochzeit verlief dieses Mal – im Gegensatz zu ihrer ersten – in einem kleinen, eher ruhigen Rahmen ab. Es geschah auf ausdrücklichen Wunsch von Luise, wohl zum Teil aus dem Grund heraus, dass Oma Karoline vor wenigen Wochen verstorben war.

Ihre Hochzeitsreise führte Werner und Luise an den Lago Maggiore, ein Sehnsuchtsort von Luise, an den sie schon immer einmal hinwollte.

Stresa ist ein Kurort und liegt am westlichen Ufer des Lago Maggiore in der Region Piemont.

Zu den berühmtesten Gebäuden zählen die Villa Pallavicino mit ihren Gärten und einem Zoo und das Grand Hôtel des Îles Borromées.

Der Zoo mit einer Fläche von etwa 20 Hektar wird von über 40 Tierarten bevölkert, darunter Säugetiere und tropische Vögel: Hirsche, Lamas, tibetische Ziegen, Hasen und Makaken leben frei in einem Gebiet namens Lombardina. Die Antica Cascina beherbergt Zebras, Kängurus und Frettchen.

Im Grand Hôtel übernachtete einst sogar der Schriftsteller Hemingway und nun verbrachten Luise und Werner ihre Flitterwochen darin.

Werner hatte eine Suite mit Seeblick gebucht, und als Luise aus dem Fenster sah, bekam sie Tränen in die Augen.

Sie sah, wie die Boote vom Seeufer des Sees ablegen, um Touristen zu den Borromäischen Inseln mit ihren prächtigen Palazzi und Belle Époque Villen zu bringen.

Luise klatschte in die Hände wie ein Kind, deutete auf die Boote und sagte:

„Das müssen wir unbedingt auch machen."

„Alles, was du willst, mein Engel", erwiderte Werner und küssten Luise zart in den Nacken.

Luise erschauerte und drehet sich um. Sie gab Werner einen langen Kuss und sagte:

„Ich bin unendlich glücklich."

Die nächsten Tage waren wie ein Traum für die beiden Verliebten. Sie besuchten eine Attraktion nach der anderen. Und davon gibt es viele am Lago Maggiore.

Über dem See befindet sich die mittelalterliche Burg „Rocca d'Angera", und in zwölf Sälen der Burganlage findet man das „Museo della Bambola", eine der ältesten Puppenausstellungen von ganz Europa.

Luise war wie verzaubert, als sie die Puppen betrachtete; aber ein wenig verspürte sie auch Wehmut. Sie musste an ihr Kind denken, dass ihr genommen wurde, und wie gern sie mit ihr und mit Puppen gespielt hätte.

Werner hatte es bemerkt und fragte Luise, *„ob alles in Ordnung wäre"*, worauf Luise antwortete:

„Ja, mein Liebling, es ist alles gut. Es ist wie in einem Märchen…"

Mit das schönste Erlebnis war die Fahrt mit der „Piemonte", dem ältesten aktiven Schaufelraddampfer in Italien. Das laute Geräusch der Schaufelräder dringt tief in den Körper ein.

Und wenn man mit der Seilbahn auf den „Monte Mottarone" fährt, hat man nicht nur einen herrlichen Blick über den See, sondern auch einen Rundblick über die sieben umliegenden oberitalienischen und

Schweizer Alpenseen und Bergmassive, darunter auch der Monte Rosa.

Der „Giardino Botanico Alpinia", ein botanischer Garten mit zahlreichen Alpenpflanzen, der sich in der Nähe der Seilbahn-Mittelstation befindet, bildet einen herrlichen Kontrast zu der beinahe martialisch anmutenden Lautstärke der „Piemonte".

Die Kombination aus hohen Niederschlägen und mildem Klima begünstigt ein sehr üppiges Wachstum, wie es kaum an einem anderen Ort in Europa anzutreffen ist und ermöglicht es, besondere Pflanzen wie Kamelien zu kultivieren, die diese speziellen Bedingungen benötigen.

Die Tagesausflüge waren sehr anstrengend, sodass die beiden nach dem Abendessen meist einen kleinen Spaziergang machten und danach früh zu Bett gingen.

Werner hatte bisher nie das Thema „Kinder" angesprochen. Als sie an einem dieser Abende ihren kleinen Spaziergang machten, fragte er Luise plötzlich:

„Hast du einmal darüber nachgedacht, ob wir Kinder haben könnten? "

Luise erschrak zutiefst. Sie war sehr froh, dass Werner sie bisher nie danach gefragt hatte, und sie war davon überzeugt, dass Werner dies aus Rücksicht gemacht hatte; aber jetzt hatte er es ausgesprochen…

*****

Der ICE war pünktlich in Würzburg angekommen, und Jochen konnte den Anschlusszug um 14:25 nach Heidelberg bequem erreichen.

Er hatte zuvor noch lange dem weiterfahrenden Zug nachgeschaut, in welchem er eine wunderbare Frau zurückgelassen hatte.

Annette hatte in ihm eine Lebenslust wieder entfacht, die er nach dem Tod von Sabine völlig verloren hatte.

Als der ICE schon lange aus seinem Blickfeld entschwunden war, stand er noch immer regungslos da. Eine tiefe Traurigkeit und eine Leere hatte ihn erfasst, und er musste sich förmlich zwingen, die Treppe hinunterzusteigen, um zu dem Gleis zu gelangen, wo der Interregio nach Heidelberg schon auf ihn wartete.

Jochen hatte Glück. Er konnte einen Fensterplatz ergattern, obwohl der Zug gut besetzt war. Er nahm sein Smartphone zur Hand und sah nach, ob vielleicht irgendwelche Mails oder Nachrichten angekommen wären.

An sich eine sinnlose Aktion. Er pflegte nach dem Tod von Sabine keinerlei soziale Kontakte und Annette hatte er seine Telefonnummer nicht gegeben, was er gerade sehr bedauerte.

Also wandte er seine Gedanken wieder Tante Luise zu…

*****

Die Tage am Lago Maggiore waren wie im Flug vergangen. Luise hatte Werner auf die Frage nach einem gemeinsamen Kind keine Antwort gegeben. Sie hatte ihn nur wie paralysiert angestarrt, unfähig zu reagieren.

„Entschuldige bitte, dass ich dich so überfallen habe."

Werner zeigte einmal mehr, über wie viel Feingefühl er verfügte.

„Du musst darauf nicht antworten, mein Engel. Ich kann sehr gut ohne Kinder leben. Vielleicht könnten wir ja auch ein Kind adoptieren. Irgendwann einmal..."

Luise reagierte noch immer nicht.

„Ich glaube, wir sollten lieber umkehren. Es wird schon etwas kühler."

Sie waren an der Seepromenade entlanggegangen und hörten laute Musik, die von einem Ausflugsschiff her ans Ufer drang.

„Was meinst du? Sollen wir in eine kleine Bar gehen und noch etwas trinken?"

Werner hatte seinen Arm um Luise gelegt und sah sie von der Seite an. Als Luise noch immer nicht reagierte, sagte er:

„Ein Cognac oder ein Grappa würde uns sicher aufwärmen."

Luise lächelte. Sie empfand ein Gefühl der Geborgenheit. Die Art, wie Werner sich darum bemühte, Fröhlichkeit in ihr zu erwecken, tat ihr wohl.

„Ich nehme einen Grappa."

Werner lachte. *„Den nehme ich auch"*, sagte er und umfasste seine Luise noch fester.

Als sie an einer kleinen Bar vorüberkamen und Musik herausdrang, gingen sie hinein. Sie setzen sich an einen der vielen kleinen Tische und bestellten Grappa.

Ein Trio aus Bass, Akkordeon und Schlagzeug machte Musik. Es war eine typische Tanzmusik, die viele der anwesenden Gäste zum Tanzen und zum Mitsingen animierte. Es dauerte auch nicht lange, bis Werner und Luise ebenfalls das Tanzbein schwangen.

Eine Flasche Barolo Vigna Capella di San Stefano, dazu Käse und Weißbrot dienten als Stärkung, um die unermüdlichen Tänzer bei Kräften zu halten.

Je später es wurde, umso ruhiger wurde die Musik, und die Paare auf dem Tanzparkett tanzten eng umschlungen, sich ganz dem Zauber der Nacht hingebend.

„Geht es dir gut, mein Engel?"

Werner hatte es Luise sanft ins Ohr geflüstert. Er spürte ihren Körper, der sich mit jeder Faser an ihn drängte und es erregte ihn. Luise antwortet ebenfalls ganz leise:

„Lass uns gehen. Ich möchte, dass du mich in deinen Armen hältst."

Die beiden Liebenden eilten zurück zum Hotel, lachend, springend wie zwei übermütige Kinder, und als sie das Hotel erreicht hatten, waren ihre Körper schweißbedeckt.

Sie zogen sich hastig aus und gingen unter die Dusche. Sie küssten sich und ihre Küsse drückten all das Begehren aus, welches sie füreinander empfanden. Sie trockneten flüchtig ihre Körper und legten sich aufs Bett. Und dann brach eine Leidenschaft über sie herein und verschlang Zeit und Raum wie ein hungriges Tier.

Als sie ermattet nebeneinanderlagen, sich nur bei der Hand haltend, sagte Luise:

„Ich war noch nie so glücklich. Ich möchte ein Kind mit dir…"

*****

Nach knapp drei Stunden und einmal umsteigen war Jochen am Ziel.

Er hatte vom Zug aus Peter Klein angerufen, um ihm seine Ankunft und die Abteilnummer mitzuteilen. Peter Klein war der Ehemann von Karin Klein, der Tochter von Marlene Klein. Er hieß eigentlich Fliege, hatte aber bei der Hochzeit Karins Namen angenommen.

Marlene Klein war das Produkt eines Seitensprungs von Georg Breuer, Werners Stiefvater. Luise hatte sie kennengelernt, als sie in die Familie Breuer-Borchert einheiratete.

Luise mochte das Mädchen vom ersten Tag an. Marlene war damals gerade einmal ein Jahr jünger als Luise.

Marlenes Mutter war ein Revuegirl und sehr froh, dass Georg Breuer nicht nur dazu stand, sie geschwängert zu haben, sondern das Kind auch annahm.

So kam Marlene in die Familie Breuer, während ihre Mutter sich immer mehr von dem Kind zurückzog. Als die Truppe ein Engagement nach Amerika bekam, verschwand sie auf Nimmerwiedersehen.

Babette Breuer hatte ihrem Gatten die Liaison verziehen und als die hochschwangere Marlene vor ihrer Tür stand, nahm sie die junge Frau wie ihr eigenes Kind an. Die Tatsache, dass Babette selbst keine Kinder bekommen konnte, hatte die Angelegenheit zudem positiv beeinflusst.

*****

Peter Klein stand punktgenau vor dem Zugteil, in welchem sich Jochen befand. Die Begrüßung der beiden Männer war sehr herzlich.

„Ich freue mich, dich zu sehen, mein Lieber. Wie war die Fahrt?"

„Sehr anstrengend und lang", antwortete Jochen lachend und fügte hinzu:

„Es ist schön, wieder einmal hier zu sein. Wie geht es dir und Karin? Und was macht die liebe Marlene?"

„Danke, Karin und mir geht es gut. Und Marlene macht Luises Tod doch schon sehr zu schaffen. Aber jetzt müssen wir uns beeilen. Karin wartet schon mit dem Kaffee auf uns."

Der Wohnsitz der Familie Breuer lag direkt an der Uferstraße, nur wenige Meter von der Neckarwiese entfernt. Als Jochen mit Peter die Straße zur Villa entlangfuhr, musste er daran denken, dass er hier in den Sommerferien schwimmen gelernt hatte.

Die Begrüßung durch Marlene und Karin war nicht minder herzlich als zuvor die Begrüßung durch Peter.

Marlene hielt Jochen sehr lange umarmt. Sie hatte Tränen in den Augen.

„Luise ist gegangen und ich altes Schlachtross bin noch immer da..."

„*Das soll auch noch recht lange so bleiben, liebe Marlene*", sagte Jochen und sah in Marlenes Gesicht, das von vielen Falten durchzogen war.

„*Aber nicht, wenn es nach mir geht. Ich habe mein Leben gelebt, und dank lieber Menschen, die mich aufgenommen haben, war es ein gutes Leben.*"

„*Du wirst sicher hundert, liebe Marlene.*"

„*Hoffentlich nicht*", erwiderte Marlene lachend, „*das klingt ja furchtbar.*"

Und dann gab es Kaffee und Kuchen, begleitet von neugierigen Fragen an den Gast aus Wien.

*****

Die kommenden Tage nach der Reise vergingen mit dem Einrichten ihres Hauses. Werner hatte Luise gebeten, sie möge die Räumlichkeiten ganz nach ihrem Geschmack gestalten.

Luise zögerte anfangs ein wenig, und es brauchte viel Zureden durch Werner, dass sie zwar vieles beließ, wie es war, aber dennoch den einen oder anderen modischen Akzent setzte.

Luise hatte sich in Heidelberg verliebt. Der Blick hinüber auf die Stadt und der Blick hinauf zum Schloss konnte den Betrachter schon entzücken. Und das Schlendern durch die engen Gassen und am Ufer des Neckars erfrischte die Seele.

Das Haus, in welchem sie wohnten, lag nur wenige hundert Meter von der Villa Breuer entfernt. Werner wollte nicht in der Villa seines Stiefvaters wohnen, obwohl seine Mutter es gern gehabt hätte, und Georg Breuer fand einen Kompromiss.

Er überließ Werner eines seiner anderen Häuser, welche dem Bankhaus Breuer gehörten, und Werner gab dem Drängen seiner Mutter nach, er möge in eines ziehen, das nicht so weit weg liegen würde.

Werner kam einmal pro Woche in der Villa vorbei, um nach der Mutter zu sehen. Meistens dann, wenn der Hausherr nicht zugegen war. Es hatte nichts damit zu tun, dass er Georg Breuer nicht leiden konnte. Werner hatte zu seinem leiblichen Vater ein inniges Verhältnis, und als dieser starb, war Werner gerade einmal vierzehn Jahre alt.

Babette Borchert war achtundvierzig Jahre alt, als sie Georg Breuer kennenlernte. Als sie ihrem Sohn eröffnete, dass Georg um sie angehalten hätte, freute sich Werner für seine Mutter und bekundete auch mit großer Herzlichkeit sein Einverständnis.

Nur den Wunsch der Mutter, er möge der Adoption durch Georg Breuer zustimmen, konnte Werner ihr nicht erfüllen. Er hätte sich als Verräter dem geliebten Vater gegenüber gefühlt.

Georg Breuer zeigte großes Verständnis für die Ablehnung, und die Kooperation innerhalb der Bank funktionierte bestens.

Als Georg Breuer, gerade einmal zweiundfünfzig Jahre alt, an Herzversagen starb, übernahm Werner die Leitung der Bank. Und das, obwohl er erst sechsundzwanzig Jahre alt war.

Georg Breuer war ein umsichtiger Mann. Er hatte Werner vom ersten Tag an als seinen potentiellen Nachfolger herangezogen, obwohl sich Werner anfangs sträubte.

Seine beruflichen Interessen waren von ganz anderer Natur. Babette, seine Mutter, bearbeitete ihn so lange, bis er endlich nachgab. Werner Borchert hat seine Entscheidung nie bereut.

Georg Breuer war ein Mann der Öffentlichkeit. Er schmückte sich gern mit den Honoratioren der Stadt, und die sich mit ihm.

Er war ein Mann ohne Furcht und Tadel und genoss eine ausgezeichnete Reputation.

Bis zu dem Tag, als es an der Tür der Villa läutete, und eine junge, hochschwanger Frau sagte:

„Mein Name ist Marlene Klein. Ich bin die Tochter von Georg Breuer."

*****

Jochen Hoffmann war überrascht, als ihm Karin Klein einen Umschlag überreichte mit den Worten:

„Der ist für dich. Es ist ein Brief vom Notar."

Jochen öffnete den Umschlag und entnahm ihm ein Einladungsschreiben zur Testamentseröffnung der Verstorbenen, Frau Luise Borchert, geb. Hoffmann.

In dem Umschlag befand sich noch ein Brief, der an ihn adressiert war und deutlich erkennbar die Handschrift von Tante Luise trug.

Jochen öffnete den Brief.

„Mein lieber Jojo!

Jetzt habe ich doch tatsächlich deine lieben Eltern überlebt. Wer hätte das gedacht. Wie du ja selber weißt, hatte ich ein sehr bewegtes Leben. Heinrich Merlinger war meine große Liebe und zugleich meine größte Enttäuschung. Nach der Scheidung von Heinrich hatte ich nicht mehr an die Liebe geglaubt. Aber dann kam Werner und hat mich eines Besseren belehrt. Er hat mir wieder beigebracht, glücklich zu sein. Als dann Johannes auf die Welt kam, war unser Glück perfekt. Aber das Glück ist ein Vogerl, so sagt man. Und mein Vogerl ist schon nach wenigen Jahren fortgeflogen. Der Tod meines Johannes hat mich in ein tiefes Loch fallen lassen, aus dem ich ohne Werner nicht mehr herausgefunden hätte.
Trotz dieses Schicksalsschlages ging das Leben weiter. Und es ging auch sehr bald wieder bergauf, weil ein Sonnenschein aus Wien mir in jener Zeit sehr viel

Kraft gegeben hat. Du hast schon als Kind deine Sommerferien hier bei uns verbracht und mit Johannes gespielt. Und als mir Johannes genommen wurde, hast du mich wieder regelmäßig besucht und mir Mut gemacht.

Mein Johannes, mein Werner und du ward immer meine wichtigsten Menschen, und dafür war ich dem Herrgott auch immer dankbar.

Aber da sind auch Marlene, ihre Tochter und Peter. Drei weitere liebe Menschen, die ich in mein Herz geschlossen habe.

Ich nehme an, du sitzt gerade mit ihnen zusammen, wenn du meinen Brief liest. Grüße sie lieb von mir!"

Jochen konnte nicht weiterlesen. Er ließ das Blatt sinken, nahm sich ein Taschentuch und wischte seine Tränen ab. Dann las er weiter.

Mein lieber Jojo, du hast, zusammen mit meinem Brief, auch die Einladung zur Testamentseröffnung erhalten. Ich kann dir aber vorab schon mitteilen, was drin stehen wird:

1. *Das Haus, in welchem ich mit meinem Werner gewohnt habe, geht an dich.*
2. *Die Villa Breuer, die bisher Werner und mir gehört hat, und in welcher Marlene mit ihrer Familie wohnt, geht an Marlene.*
3. *Aktien und Geldvermögen gehen zu gleichen Teilen an dich und Marlene.*
4. *Meinen Schmuck möchte ich an Karin geben, die ich wie eine Tochter geliebt habe.*

So, mein Lieber, jetzt weißt du Bescheid. Ich gehe davon aus, dass es keinerlei Streitigkeiten um das Erbe geben wird.
Zum Schluss möchte ich dir für all die schönen Stunden danken, die wir gemeinsam erleben durften.
Ich wünsche dir, dass du wieder einen Lebensmenschen finden wirst, denn allein sein ist nicht schön.
In diesem Sinn werde ich mich jetzt wohl bald auf die Reise machen, um mich mit meinem Werner, meinem Johannes, deinen Eltern und mit Sabine zu treffen.
Ich umarme dich ein letztes Mal,

Deine Tante Luise

*****

Jochen hatte seit seiner Ankunft in der Villa Breuer immer wieder an Annette denken müssen. Er hatte schon mehrmals sein Smartphone in die Hand genommen, um ihre Nummer zu wählen, es aber dann sein lassen.

Die Beerdigung von Tante Luise wurde im kleinen Kreis vorgenommen. Man hatte beschlossen, die Todesanzeige erst nach der Beisetzung zu veröffentlichen.

Neben der Familie Klein und Jochen standen nur noch ein paar informierte Freunde und die Damen der Bridge-Runde, welcher Tante Luise angehörte, am offenen Grab.

Marlene Klein blieb zu Hause. Ihr hohes Alter ließ die Teilnahme an der Beerdigung nicht zu, und die Aufregung hätte ihr wahrscheinlich zu sehr zugesetzt.

Nach der Beerdigung ging die kleine Gesellschaft zum Leichenschmaus, um der Verstorbenen bei Wiener Schnitzel und Kartoffelsalat, eine der Lieblingsspeisen von Tante Luise, zu gedenken.

Jochen hatte über den Brief von Tante Luise mit Karin und Peter gesprochen. Und dadurch bekundete man schon vor der Testamentseröffnung gegenseitiges Einverständnis mit Tante Luises letztem Willen.

Ganz egal, was immer Jochen auch gerade tat, Annette Wertheim war in seinen Gedanken stets gegenwärtig.

Obwohl er nur Stunden mit dieser Frau verbracht hatte, hatte sie sich dennoch tief in seine Gedanken und Gefühle eingenistet.

Das ging so weit, dass er darüber nachzudenken begann, ob er sich ein Leben an der Seite dieser Frau vorstellen könnte. Vorausgesetzt natürlich, sie würde das auch wollen.

Auf der einen Seite war ein Engelchen, das ihm leise zuflüsterte: *„Für die Liebe ist es nie zu spät."*

Und auf der anderen Seite lachte ein kleines Teufelchen laut und schrie: *„Hallo, alter Mann; hast du einmal darüber nachgedacht, wie alt du bist? Glaubst* *du wirklich, eine Frau, die zehn Jahre jünger ist als du, lässt sich mit einem so alten Sack ein?"*

Das war gemein; zumal der Altersunterschied gerade einmal acht Jahre ausmachte...

Jochen war hin- und hergerissen. Er schob seine Entscheidung vor sich her, obwohl er sich schon nach einer Zugverbindung erkundigt hatte.

Die kommenden Tage vergingen mit allerlei Erledigungen. Den Termin beim Notar hatten sie hinter sich gebracht und Karin hatte ihm dabei geholfen, die Kleider und Schuhe von Tante Luise auszusortieren.

Jochen hatte kurz erwogen, das Haus zu verkaufen, sich aber dann doch umentschieden. Es wäre wohl nicht im Sinn von Tante Luise gewesen.

Und so beschloss er, das Haus in die Obhut von Peter und Karin zu geben, mit der Bitte, sie mögen es betreuen und instandhalten. Er selbst wollte sich in aller Ruhe Gedanken machen, was mit dem Mobiliar geschehen sollte. Der Geschmack von Tante Luise entsprach nicht wirklich seinem eigenen.

Jochen nützte die Zeit, um mit Freunden aus früherer Zeit in Verbindung zu treten. Da gab es doch einige, und der eine oder andere stimmte sogar einem Treffen zu.

Man vereinbarte ein Treffen im „Roten Ochsen", einem der ältesten Studentenlokale in der Altstadt, das - 1703 erbaut – schon manche Persönlichkeit, wie

Bismarck, Marc Twain und Mamie Eisenhower bewirtet hat.

Jochen erkannte nicht jeden Freund aus der Vergangenheit auf Anhieb. Es waren doch sehr viele Jahre vergangen, seit man sich das letzte Mal gesehen hatte, und der Zahn der Zeit macht vor keinem Halt.

Es wurde viel geredet, viel getrunken, und der nächste Morgen legte noch deutlich erkennbar sein Zeugnis darüber ab.

Noch in der Nacht hatte Jochen einen Entschluss gefasst. Er wollte den Stier bei den Hörnern packen und buchte die Fahrt nach Hamburg für den nächsten Tag.

07:12 Abfahrt S-Bahn Heidelberg nach Mannheim
07:35 Abfahrt ICE 206 nach Hamburg
13:14 Ankunft Hamburg Hbf.
14:43 Abfahrt RE 72 nach Eckernförde
15:09 Ankunft Eckernförde

Nach zweimal Umsteigen und acht Stunden Fahrt kam Jochen in Eckernförde an. Sein Pulsschlag war deutlich erhöht, als er aus dem Zug stieg.

Er verließ die Bahnhofshalle und begab sich zum Taxistand. Dort hielt er dem Fahrer die Visitenkarte von Annette Wertheim hin und fragte:

„Ist das weit von hier?"

Der Taxifahrer sah Jochen erstaunt an und antwortete:

„Denn mol rin in de gode Stuuv. In'n jehen is dat `n büschen to wiet.“[1]

Jochen hatte einzig *„ein bisschen zu weit“* verstehen können. Allein das genügte ihm, um zu dem Mann mit braun gebranntem Gesicht und dem kaum verständlichen Dialekt ins Auto zu steigen.

Das Haus von Annette Wertheim lag am Klintbarg, unweit des Leuchtturms.

Auf die Frage des Taxifahrers, ob er Urlaub an der Ostsee machen wolle, antwortete Jochen:

„Ich besuche eine alte Freundin.“

Die Worte waren Jochen einfach über seine Lippen gerutscht. Jochen wunderte sich über sich selbst; aber noch mehr wunderte sich der Taxifahrer.

Er grübelte darüber nach, wieso jemand fragt, ob es weit wäre, wenn es sich bei dem Adressaten um eine alte Freundin handelte?

Jochen bezahlte und ließ den verdutzten Mann zurück, der ihm noch nachschaute, als sich Jochen sehr gemächlich dem Eingang des Hauses näherte.

---

[1] *„Dann mal rein in die gute Stube. Zum Laufen ist das ein bisschen zu weit.“*

Das Herz klopfte ihm bis zum Hals, als er auf den Klingelknopf drückte.

*****

Babette Breuer sah der jungen Frau erst ins Gesicht und dann auf ihren Bauch. Es dauerte eine Weile, bis sich Babette gefangen hatte.

Dass ihr Georg kein Kind von Traurigkeit war, war ein offenes Geheimnis. Es gab keinen Weiberrock, dem er nicht hinterherschaute. Und seinen Beteuerungen, Babette sei seine einzige Liebe, schenkte sie nur ein kleines Stück weit Glauben. Aber dass er ein Kind mit einer anderen Frau haben könnte, das ließ ihre Fantasie nicht zu.

Aber gerade eben wurde sie eines Besseren belehrt. Vor ihr stand ein junges Mädchen, bestimmt noch keine zwanzig Jahre alt und sehr wackelig auf den Beinen.

„Kommen Sie herein, mein Kind; Sie werden sicher müde sein."

Babette nahm Marlene am Arm und führte sie ins Haus. Sie bat sie Platz zu nehmen und fragte dann:

„Möchten Sie einen Kaffee?"

Die junge Frau sah Babette erstaunt an und antwortete:

„Könnte ich auch einen Tee haben?"

„Aber ja", erwiderte Babette, „ist wohl auch zuträglicher für Sie in Ihrem Zustand."

„Wundern Sie sich gar nicht, dass ich Sie einfach so überfalle? Und wollen Sie gar nicht wissen, wer ich bin?"

Babette lächelte. Die junge Frau, die kampfbereit in ihrem Sessel saß, gefiel ihr.

„Sie werden mir das sicher gleich alles erklären, nehme ich an. Aber jetzt gehe ich erst einmal in die Küche und koche uns einen Tee."

Mit diesen Worten verließ Babette ihre Besucherin, ging in die Küche und wählte die Nummer ihres Mannes.

„Hallo, mein Schatz. Was gibt es denn so Wichtiges, dass du mich anrufst?"

Die Fröhlichkeit wich augenblicklich aus Georg Breuers Gesicht, als Babette ihm antwortete:

„Die Frucht deiner spendierfreudigen Lenden sitzt bei uns im Salon und erzählt mir, dass sie deine Tochter ist. Vielleicht möchtest du ja vorbeikommen und sie begrüßen."

Babette legte auf und Georgs Blutdruck schwang sich abrupt in luftige Höhen.

Und dann erzählte Marlene Klein, dass Georg Breuer eine Affäre mit ihrer Mutter gehabt hätte und dass sie schwanger geworden wäre.

Als Viktoria sich vor ein paar Tagen nach Amerika absetzte, hätte sie für Marlene einen Brief hinterlassen, aus dem hervorgeht, wer ihr leiblicher Vater ist.

„Lesen Sie!“

Marlene hielt Babette den Brief entgegen. Babette nahm in nur zögerlich in die Hand und dann las sie:

„Liebe Marlene!

Wenn du diesen Brief liest, sitze ich im Flieger nach Amerika. Piet hat ein Engagement für die ganze Truppe an Land gezogen. Du verstehst sicher, dass ich diese Chance auf eine ganz große Karriere nicht sausenlassen kann. Ich werde dir auch regelmäßig schreiben.
Du hast mich schon immer gefragt, wer dein Papa ist. Heute sage ich es dir. Er heißt Georg Breuer, wohnt in Heidelberg und hat dort eine Bank. Er ist ein Guter. Er hat mir regelmäßig Geld für uns geschickt, und ich bin sicher, er wird jetzt auch dich finanziell unterstützen. Geh einfach einmal bei ihm vorbei und stelle dich vor. Er wird dir gefallen und du wirst ihn mögen. Er dich dann auch.
Für dein Kind halte ich dir die Daumen. Hab dich lieb.

Küsschen Vicky

Babette las den Brief zweimal. Dann sah sie Marlene an.

„Ihre Mutter heißt also Vicky? Was macht sie in Amerika?"

Marlene sah in das Gesicht von Babette.

„Geht es Ihnen gut?"

Angst schwang in Marlene Stimme mit. Sie fürchtete um die Gesundheit von Babette, deren Gesicht gerade aschfahl geworden war.

„Danke, es geht mir gut. Ich habe nur soeben erfahren, dass ich eine Stieftochter habe, von deren Existenz ich bisher nichts wusste."

„Es tut mir leid", erwiderte Marlene und stand auf. *„Es ist wohl besser, wenn ich wieder gehe."*

„Dageblieben!"

Babette erschrak selber über die harsche Art, mit der sie das gesagt hatte.

„Bitte, setzen Sie sich wieder und erzählen Sie mir mehr über sich und Ihre Mutter."

Marlene setzte sich wieder. Und dann begann sie zu erzählen:

„Meine Mutter heißt Viktoria Klein und stammt aus Köln. Sie ist Revue-Tänzerin in einer Truppe. Sie

*nennt sich <Vicky Baker>, in Anlehnung an die be-
rühmte Tänzerin <Josephine Baker>. Ihren Ehemann,
Georg Breuer, hat sie im <Alhambra>, einem Club in
Mannheim kennengelernt. Sie haben sich verliebt, und
ich bin das Ergebnis davon."*

Hier machte Marlene eine Pause. Sie sah, dass
Babette, beim Versuch die Teetasse aufzunehmen,
Tee verschüttete.

„Soll ich lieber aufhören?"

Babette wischte mit ihrer Serviette den verschütte-
ten Tee auf und sagte:

„Nein, nein, mein Kind; ich halte das schon aus."

Marlene begann Mitleid mit Babette zu empfinden.
Sie überlegte erneut, ob sie doch nicht besser gehen
sollte. Babette schien es zu erahnen. Sie nickte Marlene aufmunternd zu und Babette fuhr fort:

*„Viktoria – ich durfte sie niemals <Mutter> nen-
nen – hat mir immer von meinem Papa erzählt, dass
er beruflich in Afrika zu tun hätte und daher nicht zu
Hause sei. Das hat auch viele Jahre ganz gut funktio-
niert. Als ich aber älter wurde, hat sie ihn einfach für
tot erklärt. Er sei angeblich bei einem Flugzeugab-
sturz ums Leben gekommen.
Erst als ich schwanger wurde, erfuhr ich die echte
Version. Den Namen meines Erzeugers hat sie mir
aber bis zu diesem Brief verschwiegen."*

Als Marlene am Ende ihres Berichts angekommen war, standen Tränen in ihren Augen. Sie stand auf, sah Babette an, die ebenfalls Tränen in ihren Augen hatte und sagte:

„Das haben Sie nicht verdient. Ich werde jetzt gehen. Es tut mir so leid, bitte, verzeihen Sie."

Sie wollte den Salon verlassen, als die Tür aufging und der Herr des Hauses eintrat. Babette ging ihm entgegen und mit fester Stimme sagte sie:

„Darf ich dir deine Tochter Marlene und deinen zukünftigen Enkel vorstellen?"

*****

Der Mann, der die Tür öffnete, hatte Jochens Statur, war in etwa in seinem Alter und sah verdammt gut aus.

„Guten Tag, mein Name ist Jochen Hoffmann, und ich wollte fragen, ob hier Annette Wertheim wohnt."

Jochen war entsetzt über seinen wenig geistreichen Spruch, und als der Mann sich zu dem Namensschild drehte, das gut leserlich auf der Tür angebracht war, wäre er am liebsten davongerannt.

„Ich denke, Sie sind hier richtig. Zumindest steht es hier auf dem Schild."

Der Mann wandte sich ins Hausinnere und rief:

„Schatz, da will dich jemand sprechen."

Jochens Beine wurden immer schwerer. Selbst wenn er gewollt hätte, so wäre ihm die Flucht aus dieser Situation nicht möglich gewesen.

„Aber so kommen Sie doch herein in die gute Stube, Herr Hoffmann. Annette hat mich scheinbar nicht gehört."

Der Mann, von dem Jochen noch immer nicht wusste, wer er war und wie er hieß, ging hinein und Jochen trottete hinterher.

Als sie ins Wohnzimmer kamen, erblickte Jochen Annette, die gebannt auf den Bildschirm ihres Fernsehgerätes schaute. Sie hatte Kopfhörer aufgesetzt und deshalb nicht gehört, was der Mann gerufen hatte. Sie drehte sich um und nahm die Kopfhörer ab.

„Jochen!"

Das laute Rufen seines Namens spiegelte ihre Überraschung wider. Sie sprang auf und ging freudig auf Jochen zu. Sie umarmte ihn und sagte:

„Das ist eine Überraschung; ich freue mich sehr."

„Setzen Sie sich, Herr Hoffmann. Wie wäre es mit einem Kaffee oder etwas Stärkerem?"

Das breite Grinsen löste in Jochen eine Mischung aus Verunsicherung und Ärgern aus.

„Ach was, Herr Hoffmann", sagte Annette und stellte die beiden Männer einander vor:

„Das ist Jochen und das ist Lars."

„Also Jochen, wie ist das jetzt? Kaffee oder Schnäpschen? Oder doch lieber beides?"

Der Mann, von dem Jochen jetzt wusste, dass er Lars hieß, trieb sein Spielchen munter weiter.

„Du gießt euch beiden einen Schnaps ein und ich gehe in die Küche und koche Kaffee."

Nachdem Annette gegangen war, fuhr Lars fort:

„Dann sind Sie – oder kann ich DU sagen? – der Mann aus Wien, der seine Tante beerdigt hat, und den meine liebe Annette im Zug kennengelernt hat?"

Jochen wollte antworten; konnte aber nicht. Sein Hals war vollkommen trocken und seine Schläfen pochten. Er nickte ganz einfach als Zeichen der Zustimmung.

„Das tut mir leid. Aber wie ich hörte, war die Tante schon hoch betagt. Irgendwann trifft es uns alle…"

Jochen fühlte, wie sich eine Aggression gigantischen Ausmaßes in ihm formierte und jeden Augenblick drohte, zu explodieren.

Er empfand Ekel und Abscheu gegenüber diesem Mann und damit auch für Annette. Sie hatte ein übles Spiel mit ihm gespielt. Von wegen Scheidung vor drei Jahren, Lars und Annette waren offensichtlich noch immer ein Paar.

„So, mein Lieber. Hier ist der Kaffee. Seit wann bist du hier? Warum hast du nicht angerufen. Ich hätte dich doch vom Bahnhof abholen können."

Annette goss Kaffee ein und sah Jochen liebevoll an.

„Ich kann dir gar nicht sagen, wie sehr ich mich freue."

„Jetzt ist Schluss mit diesem Possenspiel."

Jochen war aufgesprungen. Sein Gesicht war wutverzerrt.

„Aber Jojo; was hast du? Hat mein Bruder etwas Dummes gesagt?"

Jochen fühlte eine große Hitze in seinen Kopf aufsteigen. Schweiß bildete sich auf seiner Stirn.

„Um Gottes willen, setz dich bitte wieder hin."

Annette sah hilfesuchend zu ihrem Bruder. Sie forderte ihn auf, ein Glas Wasser zu holen, und legte ihre Hand auf Jochens Arm.

„Bitte, beruhige dich. Es ist alles gut. Brauchst du irgendein Medikament?"

Jochen starrte Annette an. Er wünschte sich so sehr, er wäre nie hierhergekommen.

*****

Georg Breuer war wie versteinert. Er schaute zu der jungen Frau, die ihre Hände über dem Bauch gefaltet hielt und sich gerade sehr unwohl fühlte.

„Guten Tag, Herr Breuer."

Ihre ganze Hilflosigkeit lag in den Worten von Marlene Klein, die sehr viel Mut aufbringen musste, um überhaupt diesen Schritt zu wagen.

Sie hatte überhaupt nichts mit ihrer Mutter gemein. Sie war nicht so hübsch wie sie, sie hatte kein besonders großes Selbstbewusstsein und ihr fehlte jedwede Raffinesse.

Vielleicht oder gerade deswegen empfand Babette Breuer, vom ersten Moment an der Begegnung mit Marlene, eine große Sympathie für sie.

„Steh nicht da wie ein Holzklotz, und begrüße Marlene. Oder hast jetzt auch noch deine guten Manieren vergessen?"

Babette hatte es mit fester Stimme gesagt und jedes dieser Worte war wie eine große Demütigung für den sonst so smarten Herrn Direktor Georg Breuer.

„Guten Tag! Wie geht es Ihnen?"

„Mein Gott, wie erbärmlich", schoss es Babette durch den Kopf, „der große Georg Breuer stottert herum wie ein Sextaner beim ersten Rendezvous."

„Ich weiß es gerade nicht", antwortete Marlene, und genauso fühlte sie sich auch in diesem Augenblick.

Georg Breuer setzte sich. Er schaute zuerst Babette an und dann Marlene.

„Sind Sie ganz sicher…"

Weiter kam er nicht, denn Babette fuhr ihm vehement dazwischen.

„Wage es ja nicht. Du hast wohl den letzten Rest Anstand verloren. Was bist du doch für ein erbärmlicher Feigling."

Es war das erste Mal, dass seine Gattin so mit ihm sprach und damit den Niedergang eines Patriarchen einläutete.

Georg Breuer sank in sich zusammen.

„Du wirst ohne Wenn und Aber zu Marlene stehen. Du wirst deine Vaterschaft anerkennen, und Marlene wird bei uns wohnen."

Marlene sah erstaunt zu Babette und Georg verließ eilig den Raum.

„Ich zeige dir jetzt dein Zimmer, und bitte nenne mich Babette."

*****

„Das ist mir so peinlich."

Jochen hatte sich einigermaßen wieder in den Griff bekommen.

„Ich habe geglaubt - bitte entschuldige!"

„Du hast ja eine schöne Meinung von mir", erwiderte Annette lachend, *„aber ich will dir noch einmal verzeihen. Du warst ja vor kurzem auf der Beerdigung deiner Lieblingstante, und das hat dich offensichtlich stark mitgenommen."*

„Danke, Annette!"

Jochen fiel gerade ein zentnerschwerer Stein vom Herzen.

Lars, der das Verwirrspiel mit großer Freude genossen hatte, füllte das Schnapsglas erneut an und hielt es Jochen hin.

„Ich denke, den kannst du jetzt gut brauchen. Und sorry, dass ich dich so durcheinandergebracht habe."

„Ist schon gut", erwiderte Jochen, der sichtlich erleichtert war, dass sich die ganze Angelegenheit in Wohlgefallen aufgelöst hatte.

„Ich zeige dir jetzt erst einmal dein Zimmer und das Bad. Dann kannst du dich ein bisschen frisch machen. Und dann erzählst du mir, wie es dir in Heidelberg ergangen ist."

Jochen sah Annette erstaunt an. Damit hatte er nicht gerechnet.

„Ich würde mir lieber ein Hotel oder eine Pension in der Nähe suchen", sagte er, wissend, dass er damit kein Glück haben würde.

„Das kommt überhaupt nicht infrage", erwiderte Annette, *„du wohnst bei mir. Aus – Schluss – basta!"*

„Ich würde tun, was sie sagt", fügte Lars hinzu, *„sie war als Kind schon so dominant. Ich werde euch jetzt verlassen; aber am Abend sehen wir uns ja wieder. Dann entführen wir dich in <Käpt'n Henriks Kajüte>, ein uriges Lokal mit Shanty Musik."*

Als Lars gegangen war, führte Annette Jochen in das Gästezimmer und zeigte ihm auch das Bad.

„Fühl dich wie zu Hause, mein lieber Jojo. Und nach dem Motto <carpe diem> werden wir uns eine schöne Zeit machen."

Annette gab Jochen einen Kuss. Jochen erwiderte den Kuss und die Leidenschaft streckte ihre Hände aus und griff nach den beiden Menschen, die schon während der gemeinsamen Zugfahrt starke Gefühle füreinander hatten.

„Ich möchte mit dir schlafen", flüsterte Jochen, und Annette nahm Jochens Hand und führte ihn in ihr Schlafzimmer.

Sie begannen einander zu entkleiden und Jochens Erregung drohte ihn beinahe zu zerreißen. Es war sehr lange her, dass er solche Gefühle hegte. Es gab zwar die eine oder andere Begegnung mit dem anderen Geschlecht, aber der Funke war nie groß genug, um ein Feuer entfachen zu können.

Aber jetzt war der Augenblick da, nach dem er sich so sehr gesehnt hatte. Der Wunsch, Annette zu besitzen, war schon während ihrer Zugfahrt erwachsen, und nun fand er seine Erfüllung.

Jochen liebkoste Annettes Körper und als er in sie drang, flüsterte er:

„Bitte, hab Geduld mit mir. Es ist so lange her…"

„Denk nicht, mein Liebster. Lass es einfach geschehen", sagte Annette. Ihr Köper bäumte sich auf,

und eine Welle der Lust brach über ihren Körpern zusammen und spülte alle Gedanken und Ängste fort.

*****

Im Hause Breuer hatte ein unglaublicher Wandel stattgefunden. Georg Breuer, der testosterongesteuerte Womanizer, war zu einem verantwortungsvollen Vater und zu einem liebevollen Großvater mutiert.

Bernadette hatte ihm schon längst verziehen und Georg durfte wieder im gemeinsamen Schlafzimmer sein müdes Haupt betten.

Marlene war glücklich. Sie war jetzt Teil einer richtigen Familie, die sie mit viele Liebe und Fürsorge umhegte. Als Karin Babette geboren wurde, war das Glück vollkommen.

Großvater Georg war ganz vernarrt in die kleine Karin, und Babette war gerührt darüber, dass Marlene sie gefragt hatte, ob sie ihrem Kind den Namen „Babette" als zweiten Vornamen geben dürfe.

Werner Borchert, Babettes Sohn, war seit der Geburt seiner kleinen Stiefnichte wieder öfter in die Villa Breuer gekommen.

Obwohl er in der Bank seines Stiefvaters arbeitete, war sein Verhältnis zu ihm nicht gerade freundschaftlicher Natur. Er brachte ihm den nötigen Respekt entgegen und war auch dankbar dafür, dass er in leitender

Position arbeiten durfte, hielt aber dennoch die Verbundenheit zu seinem leiblichen, verstorbenen Vater aufrecht.

Georg Breuer, der anfänglich nicht sehr gut mit Werners Haltung umgehen konnte, hatte sich im Laufe der Zeit damit arrangiert und das Verhältnis der beiden Männer war von Jahr zu Jahr besser geworden.

Das ging sogar so weit, dass Georg seinen Stiefsohn als den künftigen Nachfolger für die Leitung der Bank proklamierte, was Werner überraschte und seine Mutter sehr, sehr stolz machte.

Anlässlich eines Sonntagnachmittags-Kaffees stellte Werner seine Verlobte, Luise Hoffmann, vor, die sofort von der Familie herzlich willkommen geheißen wurde. Und schon im darauffolgenden Jahr fand die Hochzeit statt.

Außer der Familie Breuer-Klein waren noch Karoline Hoffmann, die Großmutter von Luise, ihre Eltern, Johannes und Katharina Hoffmann, sowie der Bruder, Franz Hoffmann mit Ehefrau Martha zugegen. Gefeiert wurde in der Villa Breuer.

Geheiratet wurde nur standesamtlich. Luise wollte keine kirchliche Hochzeit und Werner akzeptierte ihre Entscheidung.

Die Feier in der Villa verlief äußerst harmonisch und die verwandtschaftliche Verbrüderung zwischen Breuer, Borchert und Hoffmann wurde alkoholreich besiegelt.

Nach dem Frühstück am nächsten Morgen stiegen die Frischvermählten ins Auto und fuhren froh gelaunt in Richtung Lago Maggiore.

*****

Das Restaurant „Käpt'n Henriks Kajüte" war gut besucht. Jochen, Annette, und ihr Bruder Lars hatten an einem reservierten Tisch Platz genommen und wurden von der Wirtin persönlich begrüßt:

„Es ist schön, dass du dich wieder einmal in die Niederungen der Gastronomie begibst."

Annettes Antwort kam postwendend:

„Schnack nicht herum, Heike. Bring uns lieber etwas Gescheites zu essen."

„Bei uns gibt das aber nur bodenständige Hausmannskost und nicht so ein Schickimicki-Gedöns wie bei dir, liebe Annette."

Die beiden Frauen lachten über ihr Wortgefecht. Lars hatte herzlich mitgelacht, nur Jochen vermochte sich dem nicht anzuschließen. Er fragte sich, was diese Heike wohl damit gemeint haben könnte.

„Ist alles in Ordnung?", fragte Lars, *„oder hast du nicht alles verstanden?"*

„Die Worte habe ich alle verstanden, so glaube ich zumindest", antwortete Jochen, „nur bei deren Sinn tue ich mich etwas schwer."

Lars sah zuerst zu Annette und wandte sich dann Jochen zu.

„Hat sie dir nicht gesagt, was sie macht?"

Jochen schüttelte ungläubig den Kopf.

„Was meinst du?"

Lars wollte antworten, aber Annette unterbrach ihn:

„Lass mich das machen, Lars."

Jochen sah Annette erstaunt an.

„Wir betreiben ein kleines Lokal. Genauer gesagt, Lars macht das. Ich habe mich schon vor einiger Zeit zurückgezogen."

„Dass ich nicht lache."

Die Wirtin stand noch immer am Tisch und hatte zugehört.

„Ein kleines Lokal, haha. Das ist ein Luxustempel mit zwei Michelin-Sternen."

Jochen war sprachlos. Er starrte Annette verständnislos an und sagte dann:

„Aber wieso hast du mir das nicht gesagt?"

Annette erwiderte:

„Hast du mir denn gesagt, was du beruflich machst?"

„Da siehst du, was du angerichtet hast, du altes Plappermaul", mischte sich jetzt Lars ein, *„geh, und bring uns lieber etwas zu essen."*

„Was wollt ihr denn?", fragte Heike, worauf Lars antwortete:

„Bring uns dreimal <Halligbrot> und drei Bier mit Korn."

Heike entfernte sich und Lars sagte zu Jochen:

„Annette wird dir sicher gern alles erklären; aber jetzt lass uns einen netten Abend verbringen und die Musik genießen."

Und wie auf Kommando begann ein Shanty-Chor „What shall we do with the drunken sailor" zu intonieren.

Jochen begnügte sich mit der Antwort von Lars und fragte stattdessen:

„Was ist das, ein Halligbrot?"

„Das ist nichts Besonderes; aber eine Spezialität bei uns. Schwarzbrot mit Butter, Nordseekrabben und

ein Spiegelei oben drauf. Ganz simpel; aber sehr lecker. Das wird dir schmecken. "

Annette legte ihre Hand auf Jochens Arm und sagte:

„Ich werde dir später alles erklären und morgen zeige ich dir auch das Restaurant. Ist das in Ordnung für dich? "

Jochen nickte. Wie hätte er auch der Frau böse sein können, die ihn gerade so liebevoll anschaute?

Heike brachte die „Halligbrote" und die Getränke, wünschte „Guten Appetit" und verließ mit einem Augenzwinkern den Tisch.

*****

Am vorletzten Tag ihres Hochzeitsurlaubs erreichte Werner und Luise eine erschütternde Nachricht: Georg Breuer hatte einen Schlaganfall erlitten und wurde in die Uniklinik gebracht.

Die Frischvermählten fuhren am nächsten Morgen sofort nach Hause und gingen direkt zu Babette. Babette war völlig aufgelöst.

„Es kam aus heiterem Himmel. Es war schrecklich. Georg hatte gerade noch mit Karin gespielt, als er plötzlich herumgestikulierte und nur wirres Zeug sprach. Sein Mundwinkel hing herab und sein Blick war ganz schief.

Ich habe sofort den Notarzt gerufen, und die haben ihn gleich mit ins Krankenhaus genommen. Jetzt ist er halbseitig gelähmt."

Babette hatte zu weinen begonnen.

„Warum bestraft mich das Leben so? Zum ersten Mal in meinem Leben war alles voller Harmonie. Und jetzt bricht alles zusammen. Das ist nicht gerecht..."

Werner nahm seine Mutter in den Arm.

„Das wird schon wieder", sagte er, wobei er Zweifel an seinen Worten hatte.

„Können wir ihn besuchen?"

Babette sah ihren Sohn an. Ein zartes Lächeln bekundete ihre Dankbarkeit, dass Werner sogleich aus dem Urlaub zurückgekommen war.

„Ich bin so froh, dass ihr da seid", sagte sie, *„obwohl es mit leidtut, dass ihr eure Hochzeitsreise unterbrechen musstet."*

„Das muss dir nicht leidtun, Mutter", erwiderte Werner, *„heute wäre sowieso der letzte Tag gewesen."*

Werner wiederholte seine Frage:

„Können wir Georg besuchen?"

Werner hatte es nie über die Lippen gebracht, Georg „Vater" zu nennen; auch jetzt nicht.

„Ihr könnt ihn besuchen", antwortete Babette, *„aber erschreckt nicht. Er erkennt niemand. Noch nicht einmal mich."*

Marlene war die ganze Zeit über mit der kleinen Karin still daneben gesessen. Jetzt meldete sie sich zu Wort. Sie wandte sich an Luise.

„Hattet ihr eine schöne Zeit am Lago Maggiore?"

Luise war froh, dass Marlene mit ihrer Frage die drückende Stimmung, die gerade vorherrschte, etwas aufhellte.

„Es war zauberhaft schön, Marlene", antwortete Luise und schilderte ihre Eindrücke von der Reise.

Marlene hörte aufmerksam zu und selbst Luise ließ sich von Luises Schilderungen gefangen nehmen. Als Werner und Luise wenig später unterwegs in die Uni-Klinik waren, fragte Luise:

„Trifft dich das schwer mit deinem Stiefvater?"

Werner ließ sich etwas Zeit mit der Antwort. Dann sagte er:

„Er ist zwar nicht mein leiblicher Vater und ich empfinde auch keine Liebe zu ihm. Aber er hat mir eine berufliche Perspektive geschenkt und dafür danke ich ihm und respektiere ihn.

Und ja, es geht mir schon an die Nieren, dass er jetzt gesundheitlich so angeschlagen ist. Ich hoffe nur, er kommt wieder auf die Beine. Für meine Mutter wäre es schrecklich, wenn es nicht so käme."

Als Werner mit Luise am Bett von Georg Breuer stand, schwand seine Hoffnung, dass Georg jemals wieder ganz der Alte werden könnte.

Ein menschliches Wrack, in sich zusammengesunken, mit einem Gesichtsausdruck, dem jedes Leben abhandengekommen zu sein schien. Werner begrüßte seinen Stiefvater, was vollkommen an dem Mann vorbeiging. Er zeigte keinerlei Regung.

In Luise krampfte sich alles zusammen. So etwas Schreckliches hatte sie noch nie zuvor gesehen. Sie hielt Werners Hand fest gedrückt und hatte nur den einen Wunsch, so schnell wie möglich das Zimmer zu verlassen.

Werner suchte noch das Gespräch mit einem zuständigen Arzt, der ihm jedoch keine Hoffnung machen konnte. Übergewicht, Bluthochdruck und Diabetes, die Georg schon über viele Jahre hinweg begleiteten, in Verbindung mit dem Schlaganfall, läuteten schon das Totenglöcklein.

Keine zwei Wochen später starb Georg Breuer mit gerade einmal zweiundfünfzig Jahren.

*****

Der Abend in „Käpt'n Henriks Kajüte" hatte tiefe Spuren bei Annette und Jochen hinterlassen. Bei Jochen etwas mehr als bei Annette.

Annette hatte schon den Tisch gedeckt, als Jochen schwerbeladen zum Frühstück erschien.

„Hier erst einmal ein kleiner Aperitif."

Annette reichte Jochen ein Glas Wasser mit einer perlenden Kopfschmerztablette.

„Das kann ich gut gebrauchen", sagte Jochen und leerte das Glas mit einem Zug.

„Wie sind wir eigentlich hierhergekommen?", fragte Jochen, dem sein Erinnerungsvermögen gerade einen bösen Streich spielte.

„Du weißt wohl gar nichts mehr, mein Schatz", erwiderte Annette, und die Bezeichnung „mein Schatz" startete augenblicklich Jochens Kopfkino.

Er sah Annette verwundert an und fragte, ohne es auszusprechen:

„Haben wir?"

„Haben wir nicht", sagte Annette, als ob sie seine Gedanken gelesen hätte, *„und wenn? Wäre das so schlimm gewesen?"*

„Sehr sogar", erwiderte Jochen, *„in meinem Zustand – ein Desaster."*

Annette lachte.

„Jetzt setz dich hin und lass uns erst einmal frühstücken. Dann sieht die Welt gleich wieder ganz anders aus."

Jochen setzte sich und Annette schenkte Kaffee ein. Als sie sich vorbeugte, öffnete sich ihr Morgenmantel einen kleinen Spalt und gab einen Einblick auf Annettes Brüste frei.

„Du bist wunderschön, Annette", sagte Jochen und er spürte, wie sich sein Körper erregte. Ein starkes Verlangen stieg in ihm auf, und er hatte große Mühe, es zu verbergen.

„Gefällt dir, was du siehst?"

Jochen fühlte sich ertappt. Sein Mund wurde trocken und seine Erregung steigerte sich gerade ins Unerträgliche.

„Möchtest du auch den Rest sehen?"

Jetzt gab es kein Halten mehr. Jochen sprang auf, nahm Annettes Gesicht in beide Hände und küsste sie leidenschaftlich. Er öffnete Annettes Morgenmantel und presste ihren Körper fest an sich. Annette löste sich von Jochen und sagte:

„Komm!"

Dann nahm Annette Jochens Hand und zog ihn hinter sich her ins Schlafzimmer.

„Das war unglaublich."

Annette lag heftig atmend neben Jochen und hielt seine Hand fest.

„Ich glaube, ich wurde noch nie so leidenschaftlich von einem Mann geliebt."

Jochen wandte sich Annette zu. Auch er war außer Atem und schweißbedeckt.

„Und ich hätte nicht gedacht, dass so etwas möglich ist."

Jochen sah Annette lange an. Er tauchte in ihr Gesicht ein wie in einen See, und seine Seele nahm ein heilendes Bad.

„Ich glaube, ich habe mich in dich verliebt", sagte er und küsste Annette sanft auf die Stirn.

„Das ist schön", erwiderte Annette, *„das ist wunderschön, mein Liebster. Ich danke dir."*

Die beiden Liebenden lagen noch lange schweigend nebeneinander und lauschten den Liebesworten, die ihre Seelen einander zuflüsterten.

„Das muss Lars sein", sagte Annette, als es läutete, *„ich habe ganz vergessen, dass wir zum Segeln verabredet sind."*

*****

Die Beerdigung von Georg Breuer war ein gesellschaftliches Ereignis, welches sogar vom regionalen Fernsehen wahrgenommen wurde.

Die Granden der Stadt gaben sich ein Stelldichein, Präsidenten diverser Vereine, die von der Breuer-Bank gesponsert wurden, legten Kränze nieder, und die Stadtkapelle umrahmte das Ereignis musikalisch. Es wurden Reden geschwungen und kondoliert, und das ganze Brimborium dauerte fast eine ganze Stunde.

Während die „Hoffmann-Linie" stark vertreten war, inklusive Großmutter Karoline, stand von Georg Breuer keinerlei Verwandtschaft am Grab. Georg war Einzelkind und seine Eltern waren schon beide verstorben.

Die Beisetzung fand in der Familiengruft der Breuers statt, eine Institution, die an Größe und Pracht kaum zu überbieten war.

Babette Breuer litt sehr unter dem Begräbnis-Rummel. Sie hätte ihren Georg am liebsten in aller Stille und im kleinen, familiären Kreis beerdigt. Aber das war leider nicht möglich.

Ihr Sohn Werner und Schwiegertochter Luise hatten sie in ihre Mitte genommen und gestützt, und so konnte sie die Trauerzeremonie einigermaßen gut überstehen. Als der Letzte kondoliert hatte und sich die Trauergemeinde langsam vom Grab entfernte, bat Luise ihren Sohn, er möge sie nach Hause bringen.

Bei dem anschließenden Leichenschmaus ließ sich Babette durch Werner entschuldigen, der stellvertretend mit seiner Luise daran teilnahm.

Babette Breuer war sehr froh, dass ihre Stieftochter Marlene mit der kleinen Karin bei ihr wohnten, sie hätte sonst das Alleinsein in der großen Villa nicht ertragen.

Werner und Luise schauten öfter nach Babette, und von Tag zu Tag kehrte immer mehr die Lebensfreude bei ihr zurück. Und als Luise und Werner ihr sagten, dass sie in ein paar Monaten Großmutter werden würde, hörte man Babette seit Langem wieder einmal lachen.

Alexander Borchert war ein großes Geschenk für alle. Hatte Babette schon die kleine Karin fest in ihr Herz geschlossen, so hatte sie an Alexander sprichwörtlich einen Narren gefressen.

Luise musste mit dem kleinen Mann täglich bei ihr vorbeikommen, damit die Großmutter dessen Entwicklung hautnah mitverfolgen konnte.

Manchmal war es Luise fast ein wenig zu viel, aber Werner vermochte sie dann erfolgreich dahingehend zu motivieren, dass Alexander Balsam für Babettes Seele wäre. Irgendwann wurde dieses Ritual dann so selbstverständlich wie das täglich Zähneputzen…

*****

Jochen staunte nicht schlecht, als er mit Annette und Lars auf die Segeljacht „Jaqueline" stieg.

Als Annette ihm gesagt hatte, dass sie mit „Jaqueline" auf die Ostsee wollten, hatte Jochen noch nichts ahnend gefragt, ob das eine Freundin von Annette wäre, und Annette hatte geantwortet:

„Du wirst sie gleich kennenlernen; sie wird dir gefallen."

Und nun sah er „Jaqueline" von Angesicht zu Angesicht und sie gefiel ihm.

„Wow."

Jochen fasste in diesem einen Wort seine Meinung über die unbekannte Schöne zusammen.

„Bist du schon einmal gesegelt?", fragte Lars, und als Jochen verneinte, gab er das Kommando: *„Leinen los!"*

Lars steuerte die Yacht mit dem Motor aus der Marina hinaus und als sie das offene Meer erreicht hatten, setzte er mit Annette die Segel.

Eine frische Brise brachte das Boot gut voran und Jochen genoss die Fahrt. Er strahlte mit der Sonne um die Wette, und er fühlte sich rundherum so gut wie schon seit ewigen Zeiten nicht mehr.

Als sie ein Stück weit vom Ufer entfernt waren, strich Lars die Segel und warf Anker. Dann packte er einen Picknickkoffer aus. Während Lars die Gläser mit Champagner füllte, richtete Annette kleine Appetithappen her.

Die drei Freunde prosteten einander zu und genossen die kleinen Häppchen.

„Ich denke, es ist jetzt an der Zeit, mir einiges zu erzählen. Ich sage nur <Luxustempel> und <Jaqueline>. "

Jochen hatte sein Glas abgesetzt und sah erwartungsvoll in Annettes Gesicht. Und dann gab Annette Jochen endlich Antwort auf die Fragen, die ihm wie Feuer unter den Nägeln brannten.

„Mein Vater war Deutscher und Koch von Beruf. Während seines Aufenthaltes in Paris lernte er unsere Mutter kennen. "

„Darf ich raten? ", unterbrach Jochen, *„eure Mutter hieß <Jaqueline>. "*

Annette lächelte und nickte.

„Die beiden haben geheiratet und zwei Kinder bekommen. Erst kam ich und ein Jahr später Lars. Da waren wir aber schon in Deutschland.

Mein Vater hat in verschiedenen Sternelokalen gearbeitet und sich dann hier in Eckernförde selbstständig gemacht. So entstand das >Palais D'Or>, das du heute Abend kennenlernen wirst.

Als unsere Mutter gestorben ist, hat Papa die Yacht, die früher <Henrike> hieß, in <Jaqueline> umbenenne lassen.

Er hat nach Mutters Tod nur noch ein Jahr lang gelebt. Er hat ihren Tod nie verwunden. Papa hat Lars und mich rechtzeitig für die Nachfolge getrimmt. Lars hat Koch gelernt und ich Hotelfachfrau.

Wir haben dann das <Palais D'Or> gemeinsam geführt. Ich bin vor ein paar Jahren ausgeschieden, um mehr Zeit für meine Tochter zu haben.

So, mein Liebling, jetzt weißt du so ziemlich alles über die Familie <Dubois-Wertheim>. Und jetzt bist du dran."

Jochen fühlte eine leichte Röte in seinem Gesicht aufsteigen. Annette hatte sie vor ihrem Bruder „Liebling" genannt. Lars hatte es bemerkt und sagte lachend:

„Nur keine Schüchternheit, Schwager."

Annette schloss sich dem Lachen ihres Bruders an, und Jochen bemühte sich, locker zu wirken.

„Mit einer so coolen Vita kann ich leider nicht aufwarten. Ich habe in gehobener Position beim Finanzamt gearbeitet.

Meine Eltern sind tot, und ich bin Einzelkind. Die einzig noch lebende Verwandte habe ich gerade beerdigt."

„Das ist ja wunderbar, mein Lieber. Du kannst sofort bei mir einsteigen und die Buchführung übernehmen."

Lars' Worte waren geradezu euphorisch.

„Aber vorher heiratest du noch meine hübsche Schwester. Was sagst du dazu?"

Jochen schaute Lars an, als wäre ein grünes Männlein aus einem Ufo gestiegen.

„Da habe ich ja wohl auch noch ein Wörtchen mitzureden."

Annette konnte es sich nicht verkneifen, den Spaß von Lars mitzumachen.

So sehr sich die beiden Geschwister darüber amüsierten, so wenig Verständnis hatte Jochen dafür. Er sagte mit versteinerter Miene:

„Ich möchte bitte zurück an Land, wenn das möglich wäre."

Und zum Zeichen dafür, dass es ihm ernst damit wäre, drehte er sich demonstrativ um und starrte auf das Wasser.

Annette wollte etwas sagen; aber Lars deutete ihr, sie möge es lieber sein lassen.

*****

Karin Klein und Alexander Borchert wuchsen wie Geschwister heran. Im Dreigenerationenhaus Breuer schien die Sonne niemals unterzugehen. Babette Breuer hatte den Tod ihres Mannes längst überwunden, und wenn sie sein Grab besuchte, dann erzählte sie von Marlene und den Kindern.

Werner, Babettes Sohn, war zum respektablen und geachteten Vorstand der Breuer Bank mutiert und genoss das Familienleben und das Vatersein, wenn auch nur in einem eher bescheidenen Ausmaß.

Die Arbeit in der Bank, die gesellschaftlichen Verpflichtungen und die damit verbundene Mitgliedschaft im Golfklub nahmen den größten Teil seiner Zeit in Anspruch.

Luise beobachtete diese Entwicklung mit einer Sorge, die nicht ganz unberechtigt war. Es gab da eine Dame namens Millie van der Valk, die es Werner angetan hatte.

Sie war Mitglied an der städtischen Bühne und sie spielte leidenschaftlich gern Golf. Milli war Holländerin und fast zehn Jahre älter als Werner, und sie verfügte über ein Flair, der Männer anzieht, wie das Licht die Motten.

Werner hatte sie kennengelernt, als der Direktor der städtischen Bühne, Werner und Luise mit Millie van der Valk bei einem kleinen Umtrunk bekannt machte.

Werner hatte sofort Feuer gefangen, und als sich herausstellte, dass er und Millie die gleiche Passion teilten, verabredete man sich sogleich zu einem Treffen auf dem Golfplatz.

Luise hatte es hingenommen, dass Werner immer weniger Zeit für sie und die Familie hatte, aber als er Millie zum Essen nach Hause einladen wollte, stellte sie sich quer.

Es war schlimm genug, dass sie von Werner als Frau immer weniger wahrgenommen wurde, aber dass sie ihre Konkurrentin jetzt auch noch bewirten sollte, das ging eindeutig zu weit.

Babette hatte bemerkt, dass Luise sich verändert hatte. Sie vermisste an ihr die natürliche Fröhlichkeit, welche Luise bisher immer ausgemacht hatte. Babette stellte Luise zur Rede, und nach langem Drängen schüttete Luise unter Tränen Babette ihr Herz aus.

„So habe ich meinen Sohn nicht erzogen", sagte Babette aufgebracht, *„ich werde mit Werner reden."*

„Nein, tu das bitte nicht", erwiderte Luise.

„Und warum nicht?", fragte Babette, *„willst du, dass es so weitergeht?"*

„Nein", antwortete Luise kleinlaut.

„Na also; lass mich nur machen."

*****

Sobald Jochen mit Annette und Lars an Land zurück waren, packte Jochen seine Sachen und ließ sich mit dem Taxi zum Bahnhof fahren.

Alle Versuche der beiden Geschwister, Jochen umzustimmen, waren ins Leere gelaufen. Er ließ sich auf keine Diskussion ein und ließ den Wortschwall von Annette und Lars einfach unkommentiert über sich ergehen.

Selbst die Tränen von Annette vermochten Jochen nicht dazu zu bringen, sich einer Unterhaltung zu stellen. Jochen hatte sein Visier heruntergeklappt und war somit unerreichbar.

Als er im Zug Richtung Hamburg saß, begannen erste Zweifel an ihm zu nagen. Hatte er vielleicht überreagiert?

„Nein!", antwortete ihm sein Stolz. „Man macht keine Scherze auf Kosten anderer."

Jochen ließ es dabei bewenden. Er war sein Leben lang Beamter, hatte ein geregeltes Leben, und er respektierte seine Mitmenschen. Und genau das erwartete er auch für sich.

Um 19:17 Uhr fuhr Jochen von Hamburg nach Mannheim, und um 02:19 Uhr ging es mit dem ICE weiter nach Wien. Und kurz vor 11:00 Uhr stieg Jochen Hoffmann am Wiener Hauptbahnhof aus dem Zug.

*****

Babette hatte ihren Sohn um ein Gespräch gebeten. Die Hoffnung, Werner würde sich die Worte seiner Mutter zu Herzen nehmen, währte nur kurz. Millie van der Valk hatte den jungen Banker fest im Griff.

Luise legte all ihre Liebe auf Alexander. Sie verbrachte den größten Teil ihrer Zeit bei Babette und Marlene.

Die beiden jungen Mütter unternahmen viel zusammen mit ihren Kindern, und irgendwann tat der Liebesentzug durch Werner nicht mehr so weh.

Gemeinsame Urlaube am Meer brachte Sonne in Luises Herz und die Wellen spülten die Sorgen hinweg. Marlene und Luise genügten einander. Sie umarmten sich, und sie küssten sich gelegentlich; aber es kam nie zum Äußersten.

Karin und Alexander gingen liebevoll miteinander um. Alexander verhielt sich stets wie der ältere Bruder, obwohl er eigentlich der Jüngere von beiden war.

Als Alexander den Führerschein gemacht hatte, bekam er von seinem Vater einen Sportwagen geschenkt. Luise war nicht sehr davon begeistert, denn Alexander verfügte über ein Temperament, das Grund zur Sorge gab. Er liebte die Geschwindigkeit.

Marlene war ebenso wenig davon begeistert, weil sich Alexander mit Karin öfter dem Rausch der Geschwindigkeit hingab.

Werner hingegen gefiel die Art seines Sohnes. Er selbst, inzwischen in einem etwas gesetzteren Alter angekommen, schätzte mehr die Bequemlichkeit eines Autos, das mehr Platz anbot und über ein standesgemäßes Aussehen verfügte.

Seine finanzielle Zuwendung für Alexander, die nach dem Geschmack von Luise und auch von Großmutter Babette viel zu hoch war, sollten wohl der Preis für ein schlechtes Gewissen sein.

Es dauerte kein Jahr, und das Schicksal hatte Luise erneut eingeholt.

Alexander Borchert verunfallte an einem kalten Wintertag. Es war glatt auf den Straßen, die Geschwindigkeit war zu hoch, und Alkohol dürfte auch eine Rolle gespielt haben.

Alexander fuhr gegen einen Baum und war sofort tot.

Luise brach zusammen und musste in die Klink gebracht werden. Ihr Zustand war so schlimm, dass sie noch nicht einmal der Beerdigung ihres Kindes beiwohnen konnte.

Durch den Tod seines Sohnes ging durch Werner Borchert ein heftiger Ruck. Er hatte nur noch den einen Wunsch: Luise möge wieder ganz gesund werden.

*****

Bei Jochen war wieder der Alltag eingekehrt. Das hieß, jeden Morgen pünktlich um 06:00 Uhr aufstehen, duschen, rasieren, Frühstück machen und die Tageszeitung lesen.

Danach die Wohnung durchsaugen, eine halbe Stunde E-Mails checken und einen Abstecher ins World Wide Web machen. Und etwas später in das nahe gelegene Gasthaus zum Mittagessen gehen.

Nach einem kleinen Verdauungsspaziergang geht es wieder zurück nach Hause, um sich einem wohlverdienten Mittagsschläfchen hinzugeben.

Am Nachmittag eine Tasse Kaffee und ein Buch oder ein wenig Fernsehen. Und um 22:00 Uhr Nachtruhe.

Mit Sabine war das alles anders. Es war abwechslungsreicher. Und auch zu Zeiten, als er noch im Beruf war. Das Leben war irgendwie reicher.

Als er durch den Park ging, musste er an Annette denken. Sie war schon etwas Besonderes. Vielleicht hätte er doch nicht so starrsinnig handeln sollen. Sabine hatte das öfter zu ihm gesagt, dass er manchmal ganz schön stur sein konnte. Verdammter Mist...

Jochen war so in Gedanken, dass er aus Versehen eine Frau anrempelte.

„Bitte, verzeihen Sie, gnädige Frau", stammelte er, und als er die Frau genauer betrachtete, meinte er, Annette in ihr zu erkennen.

„*Es tut mir leid*", sagte er, „*ich war ganz in Gedanken.*"

„*Das macht nichts*", erwiderte die Dame lächelnd, „*ich hoffe nur, es waren schöne Gedanken.*"

Jochen wiegte den Kopf hin und her, als wolle er bedeuten, dass er nicht sicher sei, welcher Art seine Gedanken gewesen sind.

„*Ich wünsche Ihnen noch einen wunderschönen Tag, mein Herr*", sagte die Unbekannte und setzte ihren Weg fort.

Ein warmes, angenehmes Gefühl hatte Jochen ergriffen, und mit der Frage im Herzen, ob diese Begegnung ein Zufall oder ein Wink des Schicksals war, machte er sich auf den Heimweg.

Diese Begegnung ließ Jochen nicht mehr los. Er hatte schon mehrmals nach dem Telefon gegriffen, um Annettes Nummer zu wählen, aber sein Mut reichte nicht aus.

Und dann passierte eine weitere Begegnung mit dem Schicksal.

Jochen war gerade mit der morgendlichen Reinigung beschäftigt, als es an der Tür läutete. Durch das Geräusch des Staubsaugers hätte er es beinahe überhört.

Er öffnete und sah in das Gesicht einer jungen Frau. Jochen erschrak. In diesem Moment bemerkte

109

er, dass er noch die Schütze umgebunden hatte, die früher Sabine trug, und mit der er sich ihr nahefühlen konnte.

„Guten Tag, Herr Hoffmann. Mein Name ist Heike Kissling. Ich bin die Tochter von Annette Hoffmann."

Jochens Atmung nahm ordentlich Fahrt auf und sein Mund wurde trocken. Er starrte die junge Frau ungläubig an und eine Ohnmacht umgarnte ihn.

„Wollen Sie mich nicht hereinbitten?"

Heike Kissling lächelte in froher Erwartung einer Antwort. Als diese nicht kam, fragte sie:

„Ist Ihnen nicht gut? Soll ich später wiederkommen?"

„Nein, nein; bitte, kommen sie herein!"

Jochen hatte sein inneres Gleichgewicht wiedererobert und machte eine einladende Handbewegung.

Er führte die Besucherin in die gute Stube und bot ihr Platz an.

„Darf ich Ihnen einen Kaffee anbieten?"

Jochen hoffte mit dieser Frage und einer positiven Antwort Zeit gewinnen zu können. Und als Heike zustimmte, begab er sich eilends in die Küche und dachte nach.

Hatte Annette ihre Tochter beauftragt, sie möge Vermittlerin zwischen den beiden Parteien spielen?

Und wenn JA, wie sollte er darauf reagieren?

Als Jochen wenig später den Kaffee servierte, erfuhr er den wahren Grund von Heikes Besuch:

„Meine liebe Mutter hat mir von Ihnen erzählt, Jojo. Ich darf Sie doch so nennen?"

Heike verzichtete auf eine Antwort und fuhr fort:

„Und was sie mir erzählt hat, hat mir sehr gefallen. Sie hat mir auch erzählt von ihrem kurzen Segeltörn, der nicht gerade optimal verlaufen ist."

Hier wollte Jochen einhaken; aber wiederum war Heike schneller.

„Nun ist es aber so, dass wir Fischköppe² ein sehr stringentes Mundwerk haben, das nur wenig Spielraum zulässt. Man könnte auch so sagen: Raue Schale – weicher Kern.

Was ich eigentlich sagen möchte, mein lieber Jojo, Annette mag sie. Sie mag sie sogar sehr. Und wenn ich Sie mir ansehe, dann verstehe ich das total.

---

² *Person aus Norddeutschland, die vor allem in Küstennähe (Nord- und Ostsee, bis zu 5 km) geboren ist.*

Es wäre doch jammerschade, wenn diese junge Liebe durch ein Missverständnis Schaden nehmen würde. Meinen Sie nicht auch?"

Heike überging eine potentielle Antwort, griff nach ihrer Kaffeetasse und fügte noch schnell hinzu:

„Dann will ich mir mal den Kaffee schmecken lassen und vielleicht gibt das auch noch ein paar Kekse dazu?"

Jochen war wie erschlagen. So etwas war ihm in seinem ganzen Leben noch nicht untergekommen. Wie konnte ein Mensch so lange und so viel reden, ohne Luft dazwischen zu schnappen.

Er stand wie in Trance auf und holte eine Packung Kekse, deren Verfallsdatum schon eine Weile abgelaufen war.

Er öffnete die Verpackung und leerte den Inhalt auf einen kleinen Dessertteller.

„Jetzt sind Sie dran, Jojo."

Heike hatte die Tasse abgesetzt und sah Jochen erwartungsvoll an.

„Hat sie Ihre Mutter geschickt?"

„Um Gottes willen, nein!"

Entsetzen lag in Heikes Stimme.

„Annette würde mir den Kopf abreißen, wenn sie wüsste, was ich gerade mache."

„Und warum tun sie das?", fragte Jochen.

„Das will ich Ihnen sagen, lieber Jojo. Die Art und Weise, wie Annette von Ihnen gesprochen hat, hat klar zu erkennen gegeben, wie glücklich meine Mutter ist, einem Mann wie Ihnen begegnet zu sein."

Die Antwort Heikes berührte Jochen. Er sah in ihr Gesicht, und er glaubte ihr. Es war ein offenes Gesicht, in das er blickte.

„Ich muss zugegeben, Annette hat auch bei mir etwas ausgelöst", sinnierte Jochen leise vor sich hin.

Annette hatte es gehört.

„Dann rufen sie meine Mutter an und sagen ihr das!"

„Warum ruft sie mich nicht an?"

Jochens Frage wirkte fast etwas trotzig.

„Weil sie Ihre Nummer nicht hat", erwiderte Heike mit vorwurfsvollem Blick.

Jochen erkannte seinen Irrtum. Annette hatte ihm im Zug ihre Visitenkarte gegeben; aber Jochen nicht seine…

„Sie sind eine ganz besondere Frau, liebe Heike."

„Das will ich wohl meinen, mein Lieber. Und wenn du willst, dann können wir uns auch duzen."

Jochen lachte. Dieses unbeschwerte, etwas freche Wesen imponierte ihm. Er fühlte, wie sich eine aufsteigende Freude in seiner Seele breitmachte, die so mächtig war, dass sie ihn veranlasste, zu sagen:

„Sehr gern, liebe Heike. Das müssen wir begießen. Ich glaube, ich habe noch eine Flasche Sekt von Silvester im Kühlschrank."

Jochen stand auf, ging in die Küche, und Heike rief ihm nach:

„Jüst so mag ik dat"[3]

*****

Als Karin Klein ihren Peter kennenlernte, war sie bereits 41 Jahre alt. Bis dahin hatte es einige Beziehungen gegeben, die nicht von langer Dauer waren.

Mit Peter Fliege hatte sie endlich ihren „Mr. Right"[4] gefunden. Peter gefiel nicht nur Karin, sondern ebenso ihrer Mutter und Tante Luise.

Peter war ein paar Jahre älter als Karin und geschieden. Er war Arzt am Universitätsaugenklinikum, und dort hatten sich die beiden auch kennengelernt.

---

[3] *norddeutsch: Genauso mag ich das.*
[4] *Der perfekte Partner, der richtige Mann*

Karin musste wegen eines Augenproblems mehrmals in die Klinik und irgendwann hatte ihr der liebe Peter wohl zu tief in ihre blauen Augen geschaut.

Nach noch nicht einmal einem Jahr wurde geheiratet. Als es um den gemeinsamen Nachnamen ging, bat Peter seine Liebste, ihren Familiennamen annehmen zu dürfen, um sich somit endlich seines ungeliebten Nachnamens entledigen zu können.

Peter hatte aus seiner ersten Ehe keine Kinder und er teilte mit Karin den Wunsch nach einem Kind; aber die biologische Uhr von Karin war leider schon abgelaufen.

Als Karin zu Peter nach Neuenheim zog, war Marlene recht unglücklich. Das Verhältnis von Mutter zu Tochter war immer sehr innig. Jetzt war sie mit Luise allein in dem großen Haus.

Peter und Karin hatten ihr zwar angeboten, zu ihnen ins Haus zu ziehen; aber dann wäre Luise ganz allein gewesen. Und das wollte Marlene nicht.

Karin besuchte ihre Mutter regelmäßig, und zwei, drei Mal im Jahr kam auch Jochen Hoffmann aus Wien zu Besuch.

Die nächsten Jahre vergingen ohne besondere Höhepunkte. Die Besuche von Karin wurden immer seltener und auch Jochen beschränkte sich auf maximal einen Besuch im Jahr.

Einzige Ausnahme war der 90. Geburtstag von Luise. Die Feier fand in der „Kurfürstenstube" statt.

Geburtstagsmenü Luise Borchert

Geschäumte Kartoffel-Lauchsuppe mit
eigener Einlage, Crème vom
Bio-Eigelb, pochiertem Eismeersaibling
und buntem Kaviar

*****

Gebratenes Filet vom Pommerschen
Weiderind und geschmortes Ragoût von
der Ochsenbacke mit Sauce rouennaise,
jungem Handschuhsheimer Blattspinat,
Zwiebel-Soubise und Schaum von
der Pfälzer Annabel Kartoffel

*****

Mousse von Grenobler Walnuss mit
kaltgerührten Preiselbeeren, geeistem
Bratapfel und Vanillesauce

Die kleine Geburtstagsgesellschaft bestand aus Jochen, Peter, Karin, Marlene und den Bridgedamen.

Der Vorstand der Breuer Bank brachte einen riesigen Blumenstrauß in der Villa vorbei und der Bürgermeister höchstpersönlich machte ebenfalls seine Aufwartung.

Luise war in launiger Stimmung. Sie genoss es, dass all ihre Lieben wieder einmal zusammen an einer Tafel saßen.

„Im nächsten Jahr bist du dran, liebe Marlene, dann hast auch du deinen Neunziger."

Marlene lachte und erwiderte:

„Wer weiß, ob ich da noch lebe."

„Ihr werdet beide hundert Jahre alt", sagte Jochen und die anderen stimmten zu.

Luise sollte das erklärte Ziel nicht erreichen. Drei Jahre später ging ihr Leben zu Ende.

Es war ein Leben mit Höhen und Tiefen. Auf manches hätte sie gern verzichten wollen, aber vieles war auch unvergesslich und schön.

Luise sah ihren Tod kommen. Sie fühlte es und sie freute sich sogar darauf, denn bald würde sie ihren geliebten Sohn Johannes wiedersehen.

Marlene hatte Luises Tod arg zugesetzt. Es war für sie, als wäre ein Teil von ihr genommen worden. Noch am offenen Sarg hatte sie Luise ganz leise ein Versprechen gegeben, so, dass es niemand sonst hören konnte:

„Ich werde bald nachkommen."

Es sollte kein Jahr dauern, bis Marlene ihr Versprechen einlöste...

*****

Jochen war sich nicht sicher. Er vermutete, dass er aus einer Alkohollaune heraus dem verrückten Plan zugestimmt hatte, zusammen mit Heike Kissling in den Nachtzug nach Hamburg zu steigen.

Der NJ 490 fuhr pünktlich um 20:10 vom Hbf. Wien ab und war eine halbe Stunde später in St. Pölten. Heike hatte den Zug gebucht und auch das Abteil, in welches sie um 20:44 Uhr hinzukam.

Es war ein Schlafabteil mit zwei Betten übereinander, einem Bad mit Dusche und WC und einer gemütlichen Sitzgelegenheit.

„Moin!"⁵

---

⁵ *Norddeutsch für „Guten Morgen!"*

Heike begrüßte Jochen auf ihre gewohnte norddeutsche Art.

Jochen antwortete mit *„Guten Morgen!"*, obwohl er diesen nicht wirklich als einen solchen empfand.

Wie konnte er sich um Himmels willen auf diese Schnapsidee einlassen, mit einer – mehr oder weniger – fremden Frau in einem engen Schlafabteil die Nacht zu verbringen. Und das auch noch in einem schmalen Bett liegend?

„Hast du dich schon eingerichtet?", fragte Heike, während sie das Bad inspizierte.

Jochen saß auf der kleinen Sitzgelegenheit, die Knie fest zusammengepresst, und lächelte gequält.

Heike hatte dies bemerkt und fragte weiter:

„Fühlst du dich nicht wohl?"

„Ehrlich gesagt, nein", antwortete Jochen, worauf Heike in ihrer schnodderigen Art erwiderte:

„Du musst dich nicht fürchten, mien Jung, ich geh dir schon nicht an die Wäsche. Das überlasse ich meiner Mutter."

Jochen musste lachen. Es war ein befreites Lachen. Obwohl man Heikes Verhalten ihm gegenüber als grenzwertig bezeichnen konnte, fand er doch Gefallen daran.

„Du bist wirklich unmöglich. Weißt du das?"

Heike wandte sich Jochen zu und erwiderte:

„Das versucht man mir schon von Kindesbeinen an einzureden. Unten oder oben?"

Jochen verstand nicht gleich, was Heike meinte, und sah sie verständnislos an.

„Ich nehme an, dass du <oben> nicht mehr schaffst in deinem Alter. Also werde ich oben schlafen."

Jetzt verstand Jochen.

„Das ist sehr lieb von dir, dass du mir die Kletterei ersparen willst."

„Ja, so bin ich nun mal", erwiderte Heike, wuchtete ihren Trolley auf ihr Bett und begann auszupacken.

Als sie eine Flasche Schnaps und zwei Gläser auspackte, erschrak Jochen.

„Bitte nicht", sagte er beinahe flehentlich, eingedenk der Sektorgie noch vor wenigen Tagen.

„Das ist nur zum Einschlafen", beschwichtigte Heike und goss sogleich zwei Gläser ein. Sie stieß mit Jochen an und sagte:

„Auf unsere erste gemeinsame Nacht."

Der NJ 490 fuhr pünktlich um 08:50 im Hbf. Hamburg ein. Jochen hatte unerwartet gut geschlafen.

Zwei Stunden vor Ankunft hatten die beiden ihre Nachtruhe beendet, ihre Morgentoilette hinter sich gebracht und im Speisewagen ein Frühstück eingenommen.

Als sie ausgestiegen waren, wurden sie schon erwartet. Lars nahm die beiden Reisenden in Empfang.

„Moin Heike!"

„Moin Lars!"

„Hallo Jochen. Schön, dass du da bist!"

Jochen sah in das grinsende Gesicht von Lars, der seine Arme ausbreitete und Jochen umarmte.

„Hattet ihr eine gute Reise? Annette freut sich schon sehr auf dich. Habt ihr schon gefrühstückt oder wollen wir gleich losfahren?"

Das alles ging viel zu schnell für Jochen. Heike nahm ihren Trolley und trabte los.

„Lass uns fahren, Onkelchen. Jochen hat während der ganzen Fahrt nur davon geschwärmt, wie sehr er sich nach Annette sehnt. Also erlösen wir den Armen von seinen Qualen."

*****

Als Lars mit den beiden Damen vor Annettes Haus ankamen, saß diese auf der Terrasse und winkte ihnen zu. Heike ging mit Jochen auf Annette zu und sagte:

„Da bringe ich dir den verlorenen Sohn, liebe Mutter."

Annette umarmte Jochen und gab ihm einen Kuss. Es war ein sehr inniger Kuss, der bei Jochen Verunsicherung auslöste. Es war ihm peinlich, in aller Öffentlichkeit so intim zur Schau gestellt zu werden.

„Dann kommt erst einmal herein!"

„Wie war die Fahrt, Jojo?"

Heike beantwortete für Jochen die Frage:

„Dein armer Jojo ist kreuzlahm. Das schmale Bettchen und dazu meine Anwesenheit haben ihm sehr zugesetzt."

„Da hilft nur ein heißes Bad."

Jochen hatte gerade ein Déjà-vu. Sollte sich die Geschichte auf der Segeljacht wiederholen? Der Fluchtinstinkt griff nach ihm.

„Ich bring dich jetzt erst einmal auf dein Zimmer. Dort hängt ein Bademantel, den kannst du anziehen. Und dann kommst du ins Bad. Ich lasse dir inzwischen eine schöne, heiße Wanne ein. Das weckt die Lebensgeister wieder."

Jochen befolgte brav die Anweisung von Annette, und kurz darauf betrat er das Badezimmer.

Was da auf ihn wartete, zog ihm fast die Beine unter den Füßen weg.

Annette saß in der Wanne, schaumumspült. Auf dem Sims neben der Wanne standen zwei Gläser mit Champagner und viele Kerzen, die den sonst eher dunklen Raum erhellten. Aus einem Radio erklang Musik. Annette streckte Jochen die Hände entgegen und flüsterte:

„Ich habe mich nach dir gesehnt, schöner Mann. Komm zu mir und genieße den Champagner."

Jochen vermochte dieser Verlockung nicht zu widerstehen. Er streifte den Bademantel ab und stieg in die Wanne. Es war keine Entscheidung des Verstandes. Der Entscheidungsträger saß ein Stück weit tiefer.

Annette drehte sich um und schmiegte ihren Rücken an Jochens Brust. Jochen umfing ihre Brüste und Annette griff nach seiner Erregung.

Lust und ein heftiges Verlangen ergriffen die beiden Menschen und hielt sie fest umklammert. Und als sie ein wenig später im Bett lagen, kosteten sie ihre Sinnesfreude bis zur völligen Erschöpfung aus.

*****

Das „Palais d'Or" überstieg die Vorstellung von Jochen Hoffmann. Es war ein Luxustempel für gefüllte Geldbörsen. Alles nur vom Allerfeinsten.

Eine kleine Ecke des Restaurants war für die Familie reserviert. Annette führte Jochen dorthin und Lars gesellte sich dazu.

„Na, Schwager. Hattet ihr ein schönes Erlebnisbad?"

Da war sie wieder, diese Direktheit, mit der Jochen seine Schwierigkeiten hatte. Er antwortet nicht, sondern sah fragend zu Annette.

„Hör einfach nicht auf den Dösbattel. Er kann es einfach nicht lassen. Sein Humor ist nur schräg."

Auf Annettes Worte folgte ein strafender Blick in Richtung Lars.

„Du lieber Gott, das war doch nur ein Scherz."

Lars bemühte sich um Schadensbegrenzung, doch die ernsten Blicke von Jochen und Annette bekundeten nicht wirklich Verständnis. Lars startete einen weiteren Versuch:

„Ich hole uns jetzt eine Buddel[6] Schampus, und dann habt ihr den Lars aber wieder lieb."

---

[6] *Norddeutsch für Flasche*

Diese Einladung, in Verbindung mit einem „Hundedackelblick", brachten den Durchbruch. Es reichte gerade für ein mildes Lächeln seitens Jochen und Annette.

Als Lars mit dem Champagner und den Gläsern zurückkam, fragte er Jochen nach dessen Essenswunsch.

„Möchtest du eine Schickimicki Mahlzeit vom Sternekoch oder ein typisch norddeutsches Gericht?"

„Letzteres wäre mir lieber", antwortete Jochen, *„und auch zuträglicher für meinen Geldbeutel."*

Lars lachte und erwiderte:

„Deine Späße sind aber auch nicht von schlechten Eltern."

„Na gut; dann lasse ich euch zwei Turteltauben jetzt allein und gehe in die Küche."

Mit diesen Worten entfernte sich Lars, und Jochen fragte sich, ob er sich je an den Humor von Lars gewöhnen würde.

„Wie geht es dir? Fühlst du dich wohl, mein Liebling?"

Jochen war überrascht, als er Annette das sagen hörte.

„Warum fragst du das?"

Annette antwortete nicht. Sie sah Jochen lange an, bevor sie sagte:

„Ich möchte dich etwas fragen, und bitte antworte mir ehrlich und ohne Ausflüchte."

Jochen fühlte sich unsicher. Es lag wohl auch daran, dass Annette einen sehr ernsten Gesichtsausdruck hatte, als sie das sagte.

„Dann frag!", sagte er leise.

„Du bist seit Langem der erste Mann, der mir etwas bedeutet, und der bis tief in mein Herz vordringen konnte.
Ich hatte viel Zeit, darüber nachzudenken, was aus unserer Beziehung werden könnte, und deshalb möchte ich dich etwas fragen."

Annette machte erneut eine Pause und machte damit die Spannung für Jochen fast unerträglich.

„Was möchtest du wissen?", drängte er, *„frag doch einfach!"*

„Möchtest du dein Leben mit mir verbringen?"

Und bevor Jochen darauf antworten konnte, fügte sie fast ängstlich hinzu:

„Möchtest du mich heiraten?"

Jochen sah Annette mit starrem Blick an. In diesem Augenblick trat Lars an den Tisch und sagte:

„Das Essen kommt gleich.“

Jochen ignorierte die Mitteilung von Lars und erwiderte:

„Annette hat mir einen Heiratsantrag gemacht.“

„Das ist ja wunderbar.“

Lars hatte es förmlich hinausgebrüllt, sodass es auch den Gast im letzten Winkel erreichen musste. Er nahm die noch immer ungeöffnete Champagnerflasche, ließ den Korken knallen, was in diesen heiligen Hallen normalerweise ein absolutes „No-Go“ ist, und füllte die Gläser.

„Dann feiern wir jetzt Verlobung.“

Lars stieß mit seiner Schwester und seinem zukünftigen Schwager an und leerte sein Glas in einem Zug.

„Das ist die beste Nachricht seit langem.“

Und dann kam das nur bedingt zu diesem Anlass passende Gericht: Beer'n, Boh'n un Speck.[7]

Durch den fulminanten Auftritt von Lars war die Antwort auf den Antrag völlig untergegangen.

*****

---

[7] *Birnen, Bohnen und Speck (und Kartoffeln)*

Als Jochen mit Annette nach dem Essen in dem kleinen Park in der Nähe spazieren gingen, fragte Jochen, wann sie Heike wiedersehen würden.

„Ich nehme an, bei unserer Hochzeit", antwortete Annette, *„Heike sitzt schon wieder im Flieger nach Hause."*

„Das verstehe ich nicht", sagte Jochen, *„ich habe geglaubt, sie müsse etwas Wichtiges erledigen und würde danach zu uns stoßen."*

„Sie hat alles bestens erledigt", antwortete Annette.

„Und was war das?", fragte Jochen.

Annette strahlte mit der Sonne um die Wette. Sie sah Jochen voller Liebe an und sagte:

„Sie wollte uns zusammenbringen. Und es ist ihr auch gelungen."

„Heißt das..?"

„Ja. Sie hat dich einfach zu mir gebracht, ohne mich zu fragen."

„Dann hatte sie gar keinen wichtigen Behördentermin hier zu erledigen? Mit diesem Argument hat sie mir nämlich die gemeinsame Zugfahrt schmackhaft gemacht."

Annette lachte.

„Ganz schön pfiffig, mein lieb Töchterlein. Jetzt verstehe ich auch, warum sie mich gefragt hat, ob du lieber fliegst oder mit der Eisenbahn fährst. Und so hat sie von mir erfahren, dass du Flugangst hast. Du hattest mir ja davon anlässlich unserer gemeinsamen Reise erzählt. "

Als Annette und Jochen bei einer Bank vorbeikamen, setzten sie sich nieder.

Jochen legte seinen Arm um Annette, und Annette lehnte ihren Kopf an Jochens Schulter.

„Ich war schon lange nicht mehr so glücklich", sagte Annette, *„ich könnte ewig mit dir hier sitzen. "*

Jochen drückte Annette fester an sich.

„Ja, halte mich ganz fest und lasse mich nie mehr los. "

Jochen drehte seinen Kopf zu Annette und sagte:

„Ist dir eigentlich bewusst, dass ich auf deinen Antrag noch gar nicht geantwortet habe? "

Annette riss abrupt den Kopf herum.

„Ist das wahr? "

„Ja", erwiderte Jochen, *„daran ist dein närrischer Bruder schuld. "*

Annette stand auf, sah Jochen eindringlich an und erwiderte:

„Dann muss ich das wohl noch einmal tun."

Mit diesen Worten kniete sie vor Jochen nieder und sagte:

„Willst du mich heiraten?"

„Um Gottes willen, steh auf!"

Entsetzen lag in Jochens Stimme. Er blickte sich nach allen Seiten um und griff dann nach Annettes Armen, um sie zum Aufstehen zu bewegen.

Annette wehrte sich.

„Ich stehe erst auf, wenn ich eine Antwort von dir habe."

„Ja, ja!", rief Jochen laut, *„aber steh jetzt bitte auf."*

Annette stand auf und sagte:

„Und jetzt will ich einen Kuss."

Jochen fragte sich in diesem Augenblick, ob zwischen Annette und Lars wirklich so ein Unterschied bestünde, und küsste Annette.

*****

Die nächsten Tage brachten einige Veränderungen mit sich.

Jochen fuhr zurück nach Wien und beauftragte den Familienanwalt, er möge einen Mieter für das Haus finden.

Des Weiteren beauftragte er eine Spedition, einige Gegenstände nach Eckernförde zu verbringen.

Als Letztes erledigte er Behördenwege und Bankangelegenheiten.

Danach setzte er sich wieder in den NJ 490, 20:10 Uhr Abfahrt von Wien Hbf., aber dieses Mal in einem Einzelabteil.

Heike Kissling reiste mit Ehemann und Tochter mit dem Flugzeug an, denn sie hatte ja keine Flugangst.

Jochen war vom Gästezimmer ins Schlafzimmer von Annette übersiedelt, und die Kisslings wurden auf das Gästezimmer und Heikes altes Zimmer aufgeteilt.

Im Haus Wertheim herrschte reges Leben und die Aufregung vor der Hochzeit wuchs von Tag zu Tag mehr.

Zwei Tage vor dem großen Ereignis bat Annette, Jochen möge sie zu einem Termin begleiten. Auf die Frage, wobei es ginge, antwortete Annette:

„Es ist etwas sehr Persönliches. Lass dich einfach überraschen."

Als sie kurz vor ihrem Ziel waren, eröffnete Annette den Zweck der Fahrt:

„Ich habe dir nicht erzählt, dass meine Mutter noch lebt. Sie ist 89 Jahre alt und dement. Wir mussten sie leider in ein Pflegeheim geben, weil sie niemand mehr erkennt; noch nicht einmal Lars und mich.

Sie spricht auch nicht mehr. Sie sitzt nur vor dem Fenster, hin zum Park, und starrt vor sich hin."

„Warum besuchst du sie dann noch, wenn sie dich nicht mehr erkennt?", fragte Jochen.

„Sie erkennt mich zwar nicht; aber ich weiß, wer sie ist", antwortete Annette.

Die alte Dame saß vor dem Fenster, wie Annette beschrieben hatte. Annette beugte sich zu ihrer Mutter, gab ihr einen Kuss auf die Stirn und sagte:

„Hallo, Mutti! Das ist Jochen. Wir werden heiraten. Er ist der Mann, mit dem ich ein gutes und glückliches Leben haben werde."

Die alte Dame lächelte ein wenig und sagte dann ein einziges Wort: *„Liebe ... "*

*****